Astrid Lindgren
Das Paradies der Kinder

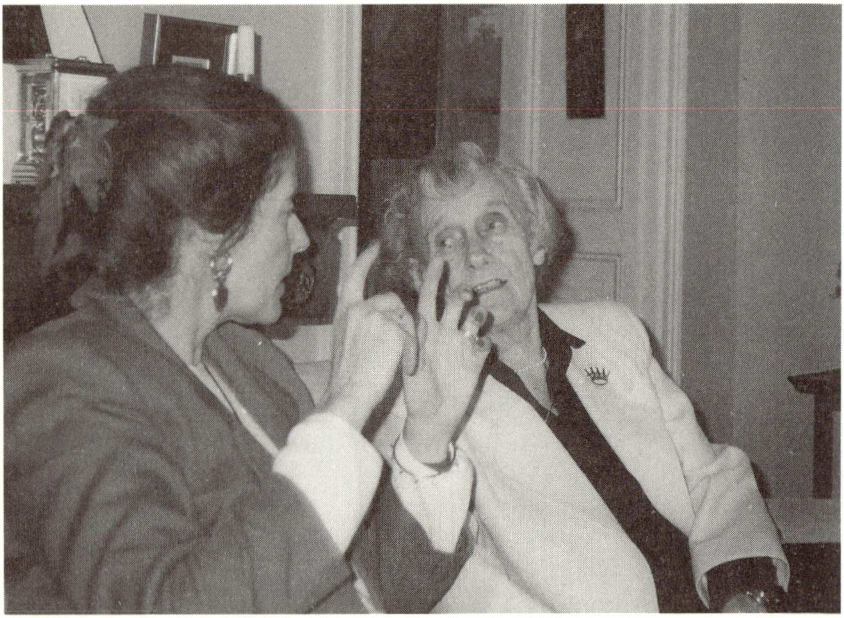

Astrid Lindgren

Das Paradies der Kinder

Die Kinderbuch-Klassikerin
im Gespräch
mit
Felizitas von Schönborn

edition q

Das Buch erschien erstmals 1995 im Verlag Herder, Freiburg im Breisgau.
Für die vorliegende Neuausgabe wurde der Text überarbeitet und aktualisiert.

Die Deutsche Bibliothek – CIP-Einheitsaufnahme

Lindgren, Astrid:
Das Paradies der Kinder ; die Kinderbuch-Klassikerin im Gespräch mit Felizitas von Schönborn. - Berlin : Ed. q, 2002
ISBN 3-86124-543-4

Lektorat: Dr. Jürgen Schebera
Covergestaltung: Barlo Fotografik, Berlin
Umschlagfoto: Archiv für Kunst und Geschichte, Berlin

Druck und Bindung: Ebner Ulm
Printed in Germany

ISBN 3-86124-543-4

Inhalt

Die meisten Menschen legen ihre Kindheit ab wie einen alten Hut. Sie vergessen sie wie eine Telefonnummer, die nicht mehr gilt.
Nur wer erwachsen wird und trotzdem ein Kind bleibt, ist Mensch.

Erich Kästner

I. Die Welt der Astrid Lindgren

Sesam öffne dich

Gegenüber von Vasaparken, mitten in Stockholm, lebte sie, die wundersame Erzählerin, die zur bekanntesten Kinderbuchautorin der Welt geworden ist. Astrid Lindgrens lebhafter Phantasie entstammten die freche Pippi, der gewitzte Michel, der zarte Mio, der unausstehliche Karlsson, Ronja Räubertocher, die Brüder Löwenherz, Rasmus mit dem glatten Haar und viele andere Gestalten. Millionen von kleinen und großen Lesern fühlen sich in dieser Geschichtenwelt zu Hause. Für alle Schweden – nicht nur für die Kinder – ist sie zur „National-Dichterin" geworden.

Nur wer die geheimen Zahlen kannte, die man auf dem elektrischen Öffner an der Dalagatan 46 drücken musste, dem wurde Einlass in ihr Reich gewährt. Ich kann die Zahlen noch auswendig aufsagen, doch ich werde mein Geheimnis niemand verraten. Man weiß ja, wie es Ali Baba erging, als noch andere vom Sprüchlein „Sesam öffne dich!" erfahren haben.

Mit ihren Büchern wollte Astrid Lindgren Erwachsene und Kinder einander näher bringen, wie sie selbst immer wieder erklärt hat. In ihrem Werk geht es um eine menschlichere Welt, ohne Gewalt – besonders gegenüber Kindern. Ihre ausgeprägte Menschenkenntnis rührt aus dem großen Interesse für die Kleinen her. In eine bestimmte Richtung einordnen lässt sie sich nicht. Sie schrieb unbeirrt, wie sie es für richtig hielt. Instinktiv erfasste sie, was Kindern Freude macht, was spannend, lustig oder traurig ist. Phantasieerzählungen und alltägliche Geschichten fließen ineinander. Zum einen ist Astrid Lindgren eine Märchenerzählerin in der alten nordischen Tradition, zum anderen aber auch eine scharfe Beobachterin der modernen schwedischen Gesellschaft. Da gibt es Burlesken wie „Michel von Lönneberga“ und „Madicken“, naturalistische Erzählungen aus ihrem eigenen Bauernmilieu im Pferdezeitalter, in „Die Kinder von Bullerbü“, Detektivgeschichten wie „Meisterdetektiv Blomquist“. Oder es finden sich Abenteuergeschichten und poetische Naturschilderungen, wie in „Ronja Räubertochter“ und symbolische Geschichten vom Kampf gegen das Böse wie in „Die Brüder Löwenherz“ und „Mio, mein Mio“.

Astrid Lindgren spricht die universale Welt der Kindheit an und findet damit Anklang bei Lesern unterschiedlicher Kulturen. In ihren Werken steht sie immer auf der Seite der Kinder. Kaum jemand anderem ist es in ähnlicher Weise gelungen, eine Brücke zwischen der Kindheit und dem Leben der Erwachsenen zu bauen. Auf sie trifft zu, was Michael Ende geschrieben hat: „Es gibt Menschen, die können nie nach Phantasien kommen, und es gibt Menschen, die können es, aber sie bleiben für immer dort. Und dann gibt es noch einige, die gehen nach Phantasien und kehren wieder zurück. Und die machen beide gesund.“

Erwachsene fühlen sich beim Lesen der Lindgrenschen Bücher wieder in das ferne Land ihrer Kinderträume zurückversetzt. Wie durch Zauberhand werden die Erlebnisse und Empfindungen, ja sogar die Gerüche von damals wieder gegenwärtig. Astrid Lindgrens „Blick zurück“ hilft, den Zugang zum verborgenen „inneren Kind“ wieder zu finden und die Kinder mit ihren Erwartungen und Ängsten besser zu verstehen. Werden wie die Kinder – im biblischen Sinn – heißt vor allem wahrhaftig sein. Das vermag ihre Sprache, ohne falsche Rührseligkeit. Die schwedische Schriftstellerin lebte bis ins hohe Alter ganz aus der Kraft der Kindheit heraus. Ihre Bücher hat sie alle für sich selbst geschrieben, aus spielerischer Freude, um die herrliche Zeit auf dem ehemaligen Pfarrhof in Näs nochmals zu erleben. Sie wuchs in einer überschaubaren Welt, zwischen Geborgenheit und Freiheit auf. Ihre Erzählung über die „Kindheit in Bullerbü“ – dem Phantasienamen für ihren Heimatort Näs, bei Vimmerby – ist über alle kulturellen und nationalen Grenzen hinweg zum Inbild der Kindheit geworden.

Ein Fax kommt aus Stockholm

Es war noch zu früh für unsere Begegnung, mir wird erst in einer Stunde Einlass in die Wohnung an der Dalagatan 46 gewährt. Ich setzte mich auf eine der vielen Bänke in Vasaparken, und schon spürte ich, wie in diesem Park die Grenzen von Vergangenheit und Gegenwart, von Alltag und Phantasie durchlässig werden. Auf einem Spaziergang im fernen Genf war in mir der Wunsch gereift, ein Buch über Astrid Lindgren zu schreiben. Von ihrem schwedischen Verlag Rabén & Sjögren war ich an Marianne Eriksson, ihre Vertraute, verwiesen worden. Sie sei früher lange Zeit mit Astrid Lindgren zusammen in der Kinderbuchabteilung bei Rabén tätig gewesen, heute habe sie einen eigenen Verlag, sagte man mir.

Also rief ich Marianne Eriksson an, um ihr mein Anliegen vorzutragen. Weil Astrid Lindgrens Augen sehr schwach waren, bat ich sie, der alten Dame meinen Brief mit der Bitte um ein Gespräch vorzulesen. Nach einigen Wochen bangen Wartens kam dann ein Fax aus Stockholm mit der Handschrift von Marianne: „Astrid Lindgren möchte gerne am Anfang des Sommers mit Ihnen sprechen, ‚unter der Voraussetzung, dass sie zu diesem Zeitpunkt noch lebt‘… Aber es geht ihr gut und ich schlage vor, dass Sie mich anrufen, damit wir einen Termin vereinbaren können. Fröhliche Ostern! Marianne“.

Wenn freudige Nachrichten dieser Art bei mir eintreffen, pflege ich wie ein Kind vor Glück im Zimmer herumzutanzen. Die kommenden Wochen verbrachte ich hauptsächlich mit dem Wiederlesen von Astrid Lindgrens Büchern. An Regentagen verkroch ich mich dazu, wie einst in der Kindheit, in mein Bett. Ich dachte an die Zeit zurück, als ich auf dem Pausenhof meiner steirischen Dorfschule wegen der Tintenflecken auf meinen braunen Wollstrümpfen als „Pippi Tintenstrumpf" verspottet worden war. Ich war damals Tagträumerin und lebte intensiv in der Welt meiner Phantasie. Ich hätte mir ohne weiters bereits damals eine Begegnung mit der verehrten Schrifstellerin im hohen Norden ausmalen können.

Nun war es Juni geworden und Marianne hat mich in der Gastwohnung des Schwedischen Schriftstellerverbandes in der Drottinggatan 88 untergebracht. Von Drottinggatan aus konnte man zu Fuß zu Astrid Lindgren gehen. Ich hatte mich gleich nach dem Aufwachen auf den Weg gemacht, um einen Eindruck von der Stadt zu gewinnen. Es war mein erster Besuch in Stockholm. Ich streifte durch die nahen Straßen, machte Halt bei den vielen winkeligen und verstaubten Buchantiquariaten. Für eine ziemlich hohe Summe erstand ich eine deutsche Erstausgabe des Geschichtenbuches von Astrid Lindgren„Im Wald sind keine Räuber", erschienen 1952. Solche Exemplare sind heute gesuchte Sammelobjekte, versicherte mir der Buchhändler. Die Zeit schien schleppend zu vergehen. Oder war es nur die ungeduldige Erwartung, endlich mit Astrid Lindgren zusammenzutreffen? Ich nahm in einem Straßencafé Platz. Mir fiel die Musikalität der Sprache auf, wie wahrscheinlich vielen Fremden. Die tönenden Endungen und der reiche Wechsel der Vokale lassen die schwedische Sprache überaus klangvoll erscheinen.

Lagom

Die Wohnung in Drottinggatan, der Königinnenstraße, hat drei Gastzimmer. Außer mir wohnten dort gerade ein dänischer Autor und ein Schriftsteller aus der Türkei. Der Däne bemühte sich seit nunmehr sechs Jahren, ein Werk über Fany Falken, die letzte Liebe von August Strindberg, zu verfassen. Strindberg, der nach drei gescheiterten Ehen zu einem der bekanntesten literarischen Frauenhasser geworden war, entflammte mit fast sechzig Jahren nochmals für die blutjunge Fanny, eine Malerin. Der werbende Dichter zog in eine möblierte Wohnung in Drottninggatan 85 ein. In der Wohnung darüber lebte die Angebetete mit ihrer Familie. Es war wohl eine ähnliche Altersliebe wie die Goethes zur jugendlichen Marianne von Willemer. Doch die siebzehnjährige Fanny scheint das Werben nicht erhört zu haben... Die intensive Beschäftigung mit Strindberg hatte im Äußeren des blassen jungen Schriftstellers ihre Spuren hinterlassen. Er lebte völlig in strindbergschen Gefilden. Wenn wir uns zufällig im gemeinsamen Wohnraum begegneten, errötete er verlegen und huschte wie ein Schatten zurück in sein Zimmer.

Hier in Vasaparken spielen viele von Astrid Lingdrens Geschichten. Der Park wurde nach Gustav Vasa, dem Gründer des modernen Schweden, benannt. Im Jahr 1520 eroberte der Dänenkönig Christian II. die Stadt und wollte mit einer Massenhinrichtung, dem berüchtigten „Stockholmer Blutbad", jeden Widerstand gegen die Dänen brechen. 1523 zog Gustav Eriksson Vasa in Stockholm ein und wurde als Gustav I. zum König der Schweden gewählt. Er führte 1527 die Reformation ein und brach die wirtschaftliche Übermacht der Hansestadt Lübeck. Auch Vasataden, das Viertel, in dem Astrid lebte, verdankt dem Haus Vasa seinen Namen. Die erfolgreiche Schriftstellerin wohnte keineswegs in einer der vornehmen Villengegenden. Darauf legte sie keinen Wert. Ihre Devise lautete in allem, was sie tat: „Mehr sein als scheinen". Und gerne zitierte sie Arthur Schopenhauer: „Man brauche einfache Worte und sage große Dinge!"

Aus Geld machte sie sich wenig, sie lebte sparsam und verschenkte vieles, um anderen zu helfen. Sie war voller Witz und voller Wehmut, weltbekannt und doch bescheiden, phantasievoll und doch nüchtern. Die „Grand Old Lady" der Kinderliteratur verkörperte in vielem die typische schwedische Lebenshaltung, in der Sachlichkeit, Vernunft und gesunder Menschenverstand einen „rationalen Mittelweg" suchen. „Lagom" – was zu Deutsch etwa „angemessen-vernünftig" bedeutet – heißt das schwedische Schlüsselwort. Astrid Lindgren war praktisch und realistisch. Früher hatte sie ihren Freunden geholfen, wenn bei ihnen der Wasserhahn tropfte oder der Ausguss verstopft war, hatte sie bei Erbschafts- und Steuerangelegenheiten beraten und ihnen bei seelischen Problemen zur Seite gestanden. Ohne viele Worte und Gebärden brachte sie die Dinge in Ordnung. Ein Motto ihres Lebens lautete: „Glück und Unglück, beides / trag in Ruh. Alles geht vorüber / und auch du." In Vasastaden, unweit vom Stadtzentrum, führte sie äußerlich das Leben einer schwedischen Durchschnittsbürgerin. Aber das war sie ganz und gar nicht, wenn es um ihr Werk geht. Hier entwickelte sie ihre grenzenlose Phantasie und ihre ungewöhnliche Begabung, für Kinder zu schreiben. Das sind Fähigkeiten, die in hohem Maße zu ihren überwältigenden Erfolgen beigetragen haben.

Stockholm, die Mälarkönigin

Die Menschen in ihrem geliebten alten Stadtviertel stammen mehrheitlich aus der Mittelschicht und der Arbeiterklasse. In der Dalagatan gibt es einfache Geschäfte, einen Trödelladen und eine Bäckerei. Nur das durchsichtige Licht der langen nordischen Tage im Juni verleiht den betulichen Bürgerhäusern hier eine fast schwebende Leichtigkeit. Stockholm ist mit seinen anderthalb Millionen Einwohnern die mit Abstand größte Stadt Schwedens. Der kleine Nils Holgersson – Selma Lagerlöfs Held – erlebte die Stadt während seiner „wunderbaren Reise" von der Luft aus, auf seiner Wildgans Akka sitzend, als „Stadt, die auf dem Wasser schwimmt". Stockholm wurde im 13. Jahrhundert am Schnittpunkt des Mälarsees und der Ostsee gegründet. Es erstreckt sich über vierzehn kleine Inseln und eignet sich hervorragend für Häfen. Die Schweden nennen ihre Stadt auch liebevoll „Mälardrottingen", die Mälarkönigin.

Der Name Stockholm soll sich von den Pfählen einer Brücke über den Norrström ableiten. Weil die Stadt von zahllosen Wasserläufen durchzogen wird, hat man sie auch „Venedig des Nordens“ getauft. Im Lauf der Jahre haben zahlreiche Brände das Stadtbild zerstört, doch der noch erhaltene Teil der Altstadt mit seinen Patrizierhäusern und verschlungenen Gässchen ist von romantischer Schönheit. Im Zentrum befindet sich das Konzerthaus, wo alljährlich im Dezember die Nobelpreise verliehen werden. Der unübersehbare Mittelpunkt der schwimmenden Stadt aber ist das monumentale Schloss auf der kleinen Altstadtinsel. Es stammt aus der Zeit von Karl XII., der auch bei Pippi Langstrumpf vorkommt, und wurde 1753 vollendet. Mit einem farbenprächtigen Spielmannszug findet täglich Punkt zwölf vor dem Schloss die Wachablösung statt.

Straßenlärm drang von der Dalagatan zum Vasapark herüber. Ich blätterte in meinem neu erworbenen Buch mit dem altmodischen Einband aus den fünfziger Jahren. Ein kleiner Junge mit einem Holzschwert sieht durch das Fenster auf einen Wald voller Räuber. In der Geschichte von „Peter und Petra“ las ich, dass unter den Wurzeln einer Tanne einst eine Zwergenfamilie hauste. „In der Gustav-Vasa-Volksschule in Stockholm geschah im letzten Jahr etwas ganz Besonderes…“, beginnt die Geschichte. Zwei Zwerge, nicht größer als Puppen, wollten eines Tages im Winter plötzlich am Schulunterricht in der Vasa-Volksschule teilnehmen. Der Vasapark und die Tanne gehören zum Bezirk dieser Schule, Ordnung muss sein. Erst abends, als die Eisbahn bereits geschlossen ist und die lärmenden Kinder verschwunden sind, wagen es die beiden Wichtel, kunstvolle Pirouetten auf dem Eis zu drehen. Der kleine Gunnar, ihr Mitschüler, darf sie dabei beobachten. Als er an diesem Abend nach Hause zurückkehrt, fühlt er sich so glücklich, als klinge eine zarte Musik in ihm. Kurz nach dieser Begegnung sind die Zwerge plötzlich weggezogen.

Das Haus mit den roten Markisen

Ich klappte das Büchlein zu und überlegte mir, welche Tanne es wohl gewesen sein könnte. Jetzt, im Frühsommer tummelten sich die Kinder im Park auf den Rutschen und den Klettergerüsten. Von hier aus konnte ich das Haus mit der schlichten Fassade und den roten Markisen gut sehen, in dem Astrid Lindgren seit über fünfzig Jahren wohnte. Ob Karlsson noch immer ganz oben auf dem Dach in seinem winzig kleinen Haus lebt, konnte ich mit bloßem Auge nicht genau erkennen. Karlsson vom Dach ist der eigenartige Kerl, der stets zu Streichen aufgelegt ist und mit seinem eingebauten Propeller über die Dächer von Stockholm schwirrt. Nach seinen eigenen Worten ein schöner und grundgescheiter und gerade richtig dicker Mann in seinen besten Jahren.

Auch Herr Lilienstengel aus dem Land der Dämmerung, von dem ebenfalls in meinem neu erworbenen Buch erzählt wurde, ist über solche Dächer geflogen. Der kleine Göran hat gerade erfahren, er werde niemals mehr draußen herumtollen können; wahrscheinlich ist er an Kinderlähmung erkrankt. Schon hört er ein Klopfen am Fenster und Herr Lilienstengel holt ihn zu einem Rundflug über Stockholm ab. Für Göran spielt im Land der Dämmerung sein krankes Bein keine Rolle mehr. Hier kann er ja fliegen. Bei Astrid Lindgren gibt es auch für die kranken und leidenden Kleinen ein Reich, in dem sie unbeschwert glücklich sein können, wie gesunde Kinder.

Hierher in den Park kam Astrid häufig, wenn sie nicht gerade auf Reisen war. Gemeinsam mit einer Freundin unternahm sie rüstigen Schrittes fast täglich Spaziergänge. Oft trug sie einen schwarzen Mantel, einen weißen Schal, die schwarze Baskenmütze schräg aufgesetzt. Die dunkle Brille schützte das Augenlicht, ihre Berühmtheit konnte sie nicht verbergen. Es gab in Schweden wohl wenige, die sie nicht auf Anhieb erkannt hätten. Einmal hatte eine begeisterte junge Frau sie so stürmisch umarmt, dass Astrid fürchtete, sie würde ihr vor lauter Freude eine Rippe brechen. Als sie ein andermal mit einer Einkaufstasche in einen Bus einstieg und wegen ihrer schlechter Augen den Fahrer bat, das Fahrgeld aus dem Portemonnaie zu nehmen, sagte der mit einem breiten Lächeln: „Pippi Langstrumpf fährt umsonst!“ Da kam Leben in die anderen Fahrgäste: „Wie aufregend, Astrid Lindgren die Hand zu schütteln!" rief einer der Mitreisenden aus. „Wenn Sie es so toll finden, dann schütteln Sie mir ruhig noch mal die Hand“, erwidert die alte Dame, die nie um eine Antwort verlegen war.

Nicht weit von hier liegt auch der kleine Tegnérpark. Er ist nach dem Nationaldichter der Schweden, Esaias Tegnér, benannt. Der früh verwaiste Pfarrerssohn aus dem 18. Jahrhundert hatte sich der nordischen Mythologie gewidmet, aber sich auch für die nationale Freiheit seines Landes eingesetzt. Am bekanntesten wurde er durch die Umdichtung der altisländischen „Frithjofs saga“. Außerdem steht hier ein Denkmal von Johan August Strindberg.

Zwischen Wirklichkeit und Traum

Auch hier im Park der Dichter verschwinden die Konturen zwischen gestern und heute, zwischen Wirklichkeit und Traum, tun sich verborgene Welten auf. Als Astrid Lindgren einmal durch diesen Park ging, bemerkte sie einen traurigen kleinen Jungen. Unter ihrem poetischen Blick verwandelte sich die Gestalt des einsamen Kindes danach in den kleinen Bo, der zum Prinzen Mio wurde. Für viele Leser ist „Mio, mein Mio“ das Lieblingsbuch aus dem Lindgrenschen Werk.

Bo Vilhelm Olsson, ein einsames, von seinen Zieheltern ungeliebtes Waisenkind, saß auf einer Bank im Tegnérpark, heißt es in der Geschichte.

Seine Pflegefamilie mochte kleine Jungen überhaupt nicht leiden. Man hatte ihn nur angenommen, weil es im Kinderheim gerade kein Mädchen gab. Dann aber treten stürmische Ereignisse ein, auf das traurige Kind wartet ein großes Glück: „Die Polizei sucht den neunjährigen Bo Vilhelm Olsson, der seit gestern aus der Wohnung Upplandsgatan 13 verschwunden ist. Bo Vilhelm Olsson hat helles Haar…“[1] Als Prinz Mio findet er dann seinen Vater, der als König im Land der Ferne lebt.

Dort im Land der Ferne gibt es einen Rosengarten, in dem wunderbare Musik von tausend gläsernen Glocken ertönt. Wer diese Töne vernimmt, dessen Herz erzittert vor Freude. Vielleicht war es eine Melodie von Mozart. Nach ihrem Lieblingskomponisten befragt, sagte Astrid Lindgren einmal: Mozart, Mozart, Mozart.

Endlich ist es so weit

Endlich war die Zeit gekommen. Gemeinsam mit Marianne Eriksson stand ich vor der Haustür in der Dalagatan. Nun waren die richtigen Zahlen gedrückt und die Haustür hatte sich geöffnet. Noch ein paar Stufen genommen, und wir standen vor Astrid Lindgrens Wohnung. Vom Treppenhaus her war die Türklingel nicht zu vernehmen. Marianne und ich wurden erwartet. Schon öffnete sich die Tür und im Halbdunkel des Flurs erkannte man die zierliche Gestalt von Astrid. Wie oft war sie dunkelblau gekleidet und trug eine filigrane Perlenkette. Im Märchen dient blau als Symbol des Wunderbaren und die weißen Perlen versinnbildlichen Erleuchtung. Auf dem runden Tisch in der Diele mit der zartrosa Tischdecke stand ein Glas mit Buschwindröschen. Weiß, Blau und Rosa waren ihre drei Lieblingsfarben.

Später, kurz bevor ich wieder ging, bat Astrid Lindgren mich, im halbdunklen Flur eine Glühbirne einzuschrauben. Ich kletterte auf einen etwas wackeligen Stuhl und sagte dabei Goethes viel zitierte letzte Worte vor mich hin: „Mehr Licht“. Astrid meinte daraufhin ironisch: „Ja, ja der gute Goethe, was der nicht alles gesagt haben soll. Aber mehr Licht könnten wir alle brauchen.“ Da läutete es an der Tür, und strahlend stellte sie mir einen ihrer Enkelsöhne vor. Ich dachte mir, wieviele Kinder auf der Welt hätten nicht gerne eine solche Großmutter.

Auf dem Tisch lag ein Briefumschlag, darauf war von Kinderhand unverkennbar „Pippi Lotta Langstrumpf" gekritzelt worden. Täglich traf solche Post ein. Gezählt hat die Briefe wohl niemand, es waren zu viele. „Zeitweise kommen hundert Briefe pro Woche, das kann einem schon zur Last werden", meinte Astrid Lindgren. Bis 1982 hat sie alle Briefe persönlich beantwortet und viel Zeit damit verbracht. Dann wurden ihre Augen immer schlechter und Hilfskräfte nahmen ihr diese Arbeit ab. Den meisten der kleinen Briefschreiber genügte es, wenn Astrid ihnen eine signierte Fotografie schickte oder eine Broschüre, in der sie auf einschlägige Fragen antwortete. Briefe mit persönlichen Anliegen aber ließ sie sich immer noch vorlesen, um dann selbst eine Antwort zu diktieren. Oft erreichten sie auch Exemplare ihrer Bücher mit der Bitte zum Signieren. Als es zu viele wurden, traf sie dann mit der Post eine Vereinbarung, die Bücher wieder zurückzuschicken. Auch Erwachsene wandten sich häufig an sie. Oft waren es Mütter, die in den vierziger Jahren wie Pippi, der „kleine Übermensch", zur Welt gekommen waren. Nun wächst schon die dritte Pippi-Generation heran.

Wie im Kirschtal

Astrid Lindgren empfängt mich mit warmem Händedruck. Man fühlt sich willkommen in der Wohnung an der Dalagatan, die sie schon 1941 bezogen hat. Als junge Frau ist sie mit ihrem Mann Sture Lindgren, dem damaligen Direktor des Königlichen Automobilclubs, und mit den beiden Kindern Lars und Karin hier eingezogen. 1952 verstarb Sture, seitdem lebte sie als Witwe, liebte das Alleinsein und die Ruhe ihrer Wohnung. Das Wort „allein" hat im Deutschen auch eine hintergründige Bedeutung: alles in einem sein. Manchmal träumte sie davon, wie ein kleines Tier in einer Waldhöhle zu sitzen. Die Zimmer sind mit alten schwedischen Möbeln eingerichtet. An den Wänden hängen viele Bilder, darunter auch Lithographien und Radierungen von zeitgenössischen Künstlern. Es gibt auch ein naives Ölbild mit dickem Goldrahmen, auf dem ein Tandem fahrendes Brautpaar zu sehen ist. Der Brautschleier weht lustig im Fahrtwind. Vielleicht erinnerte Astrid das farbenfrohe Gemälde an ihre Eltern Samuel August und Hanna, denen das seltene Glück einer lebenslangen Liebesgeschichte beschieden war.

Als ich ihre Sammlung bewundere und sage: „Sie haben aber schöne Bilder", blitzt es schalkhaft im Gesicht der siebenundachtzig Jahre alten Dame. Auf den Wangen zeichnen sich zwei kleine Grübchen ab. Wie ein junges Mädchen entgegnet sie rasch: „Wenn sie nicht schön wären, hätte ich sie wohl nicht gekauft." In ihrer Jugend hat sie für einige Monate die Kunstschule besucht und selbst gemalt. Sehr schlecht allerdings, findet sie heute. Ihre eigenen Bilder hätte sie hier nicht aufhängen wollen. Dann fügt sie lakonisch hinzu: „Eigentlich wollte ich ja nie ein Buch schreiben. Aber zum Schreiben hatte ich eben doch ein wenig mehr Talent als zum Malen." Allerdings ist eine Zeichnung von ihr weltbekannt geworden: die erste Pippi, im roten Kleid mit blauen Ärmeln, ein Geschenk für ihre Tochter Karin.

Auf den grauen Fensterbrettern hinter den weißen Voilevorhängen stehen rosa Azaleen. Astrid liebte die Welt der Blumen und Pflanzen über alles. Ordentlich aneinandergereiht, in regelmäßigen Abständen liegen viele Nippes auf den braunen Regalen. Die Wohnung mit den schweren schwedischen Möbeln ist gemütlich. Wir setzen uns auf das weiße Sofa vor dem Kamin, neben dem rosafarben Kanapee und dem schweren Holztisch. Astrid Lindgren zeigt mir eine ganze Bücherwand, gefüllt mit ihren eigenen Werken. In der ordentlichen Kemenate hat jedes Ding seinen gemäßen Platz. Manche Besucher hat dieser Raum mit seinen rosa-weißen Farbtönen an die Stimmung des Kirschtals im Nangijala der Brüder Löwenherz erinnert. Und die kleine Porzellantaube am Fenstersims gemahnte sie an die schneeweiße Taube der Taubenkönigin, die zum kleinen kranken Krümel flog und ihn mit freundlichen Augen anblickte.

Kobolde und Katzen

Das Arbeitszimmer nebenan spiegelt eine andere Seite von Astrid Lindgrens Wesen wider. Hier herrscht ein ungebändigtes, kreatives Durcheinander. Auf dem braunen Sofa mit dem weißen Kissen stapelt sich ungeöffnete Post. Verschiedene Brillen und Vergrößerungsgläser sollen das Lesen erleichtern. In diesem Raum hängen vor allem Bilder von Ilon Wikland, Astrids Lieblingsillustratorin. Und dann stehen überall Geschenke ihrer dankbaren Leserschaft, sorgsam aufbewahrt: Da gibt es Puppen verschiedenster Größen und behaarte Kobolde, rote Fliegenpilze, Blumen und Engel, Kutschen und Körbe, Katzen und Kerzenständer.

Astrid fand nie Zeit, Ordnung in diesem Zimmer zu schaffen. Ein Dilemma, das sie mit vielen schöpferischen Menschen teilte. Und dann steht da ihr Schreibtisch, mit Papieren, Schachteln und Stiften übersät. Auf der weißen Schreibmaschine allerdings ist keines ihrer Werke entstanden. Die hat sie mit der Hand geschrieben und erst später hier fertiggestellt. Die meisten Bücher hat sie liegend im Bett geschrieben, hier gelang ihr der Rückzug in ihre imaginäre Innenwelt am besten. „Im Bett, abgeschirmt von der Außenwelt, schaffe ich mir meine eigene Welt", sagte Astrid. In der Wohnung gibt es auch ein ovales Holzbett, mit schnörkeligen Girlanden verziert: Hier hat sie ihrer damals siebenjährigen Tochter Karin zum allerersten Mal von Pippi Langstrumpf erzählt.

Auf der Fensterkante hinter dem Pult stehen neben einer Bronzebüste von Astrid Lindgren rosa und hellblaue Anemonen. Durch das Fenster sieht man auf Vasaparken. Merkwürdigerweise hatte sie von diesem Park schon gehört, als sie noch ein ganz junges Mädchen in Småland war. Ihre beste Freundin hatte ihr von einer Reise nach Stockholm geschrieben: „Die Jungen im Vasaparken sind ‚g-z'." In der Geheimsprache der beiden bedeutete dies, dass sie die Jungens „süß" fand.[2]

Die thailändische Prinzessin

Die Bücherborde können die vielen Exemplare kaum mehr aufnehmen. Schon in jungen Jahren wurde Astrid zur nimmersatten Leseratte: „Ja, das grenzenloseste aller Abenteuer der Kindheit, das war das Leseabenteuer. Für mich begann es, als ich zum ersten Mal ein eigenes Buch bekam und mich da hineinschnupperte. In diesem Augenblick erwachte mein Lesehunger, und ein besseres Geschenk hat mir das Leben nicht beschert", erinnerte sie sich. Die Lehrerin gab damals den Kindern einen Prospekt, aus dem sie sich zu Weihnachten ein Buch aussuchen durften. Astrid wählte „Schneewittchen", mit einer von Jenny Nyström gezeichneten drallen, schwarzlockigen Prinzessin auf dem Einband. Das war ihr erstes richtiges Buch. „Ein Buch ganz für sich allein zu besitzen – dass man vor Glück nicht ohnmächtig wurde!" Später kaufte sie sich noch „Unter Wichteln und Trollen" von Helena Nyblom mit John Bauers unvergesslichen Illustrationen aus dem Jahr 1913.[3]

Nun allerdings kann sie wegen ihrer schwachen Augen kaum noch selber lesen, auch das Hören fällt schwer. Für unser Gespräch kramt sie in ihrer großen schwarzen Handtasche nach einem Hörgerät. Der Apparat stößt einen Pfiff aus, als Signal, dass er richtig eingestellt ist und das Gespräch nun losgehen kann. Doch noch ist es nicht soweit. „Ruhig, nur ruhig", wie Karlsson vom Dach zu sagen pflegt, erst wird noch fotografiert. Marianne Erkisson in ihrem leuchtend roten Kostüm kniet auf dem weißen Teppich. Damit es auch ein richtig schönes Bild wird, mit Perspektive und so, rutscht sie auf den Knien in Richtung Fenster und dann wieder auf das Sofa zu, auf dem wir sitzen. Sie schwankt zwischen Nähe und Weite.

Und da kommt mir plötzlich eine Begebenheit in den Sinn. „Ich war einmal in Thailand bei einer königlichen Prinzessin zum Tee eingeladen", erzähle ich, „und da sind die Diener und Dienerinnen geradeso auf dem Boden herumgerutscht." Astrid Lindgren sieht mich neugierig an. Sie will ganz genau wissen, wie sich das zugetragen hat und warum sich die Menschen im fernen Asien so sonderbar betragen. Nun hätte ich mit irgendeiner Lügengeschichte auftischen können. Vielleicht mit dieser: „Die Leute in Thailand sind so vergesslich, dass sie nichts im Kopf behalten können und ihnen die Gedanken ständig auf den Teppich rutschen. Daher müssen sie ihre Köpfe so nahe am Boden halten, damit sie nachschauen können, was sie gerade gedacht haben. König wird, wer alles in Kopf behalten und gerade sitzen kann."

Aber so etwas wage ich natürlich nicht auszusprechen, denn was wäre diese Kleinlüge schon gegen die meisterhaften Lügengeschichten einer Pippi Langstrumpf. Die wusste zu berichten, sie habe in Schanghai einen Chinesen gesehen, dessen Ohren so groß waren, dass er sie als Umhang benutzen konnte. Wenn es regnete, kroch er unter die Ohren und machte es sich gemütlich. Bei besonders schlechtem Wetter lud er noch seine Freunde und Bekannten zu sich, unter seine Ohren ein. Gemeinsam sangen sie dann schwermütige Lieder, bis der Regen vorüber war. Wegen seiner Ohren war Hai Shang sehr beliebt: „Ihr hättet mal sehen sollen, wenn Hai Shang morgens zu seiner Arbeit lief. Er kam immer in der letzten Minute angerannt, denn er schlief gerne lange, und ihr könnt euch nicht vorstellen, wie hübsch das aussah, wenn er so angesaust kam und die Ohren wie zwei große gelbe Segel hinter ihm her flatterten"[4], log Pippi.

Ob Putzfrau oder Königin

Da man mit solchen Geschichten natürlich nicht mithalten kann, antworte ich wahrheitsgetreu, dass mit diesem thailändischen Bodenkriechen Achtung und Respekt vor den, im wahren Sinn des Wortes, Höhergestellten zum Ausdruck gebracht werden solle. Rangniedere dürften auch körperlich Ranghöhere nicht überragen. Vor nicht allzu langer Zeit seien zwei rivalisierende Generäle in diese Weise vor König Bumibol gekrochen. Auf sein königliches Wort hin hätten sich die beiden kriechenden Generäle miteinander versöhnt. Dieses Bild muss ihre Phantasie entzündet haben, denn im Verlauf unseres Gesprächs kommt Astrid Lindgren noch einige Male auf mein Erlebnis in Thailand zurück. Als junges Mädchen hat sie viele solche Begebenheiten in sich eingesogen, und mit ihrer blühenden Einbildungskraft daraus die erstaunlichsten Geschichten geformt: „Dass es eine Zeit im Leben des Menschen gibt, wo man mit solcher Inbrunst und Hingabe liest!“ Sie erinnerte sich an Zeitungsmeldungen über einen Baum in Australien, der umstürzte und ein junges Mädchen erschlug. An eine Ziege, die im Schweden der Notzeit im Winterschnee herumirrte. An eine Wölfin in Indien und an einen Fuchs, der Wildgänse jagte. Diese Meldungen hatten sich für immer in ihr Gedächtnis eingeprägt.[5]

Mit ihrem Einfallsreichtum, ihrem Scharfsinn und ihrer vollendeten Erzählkunst ist die kleine Dame neben mir auf dem Sofa weit über Schweden hinaus fast zu einer Institution geworden. Sie wird von Menschen aller Schichten verehrt. Auch Erwachsene von unterschiedlichster Herkunft lieben ihre Geschichten. In den Bibliotheken gehören ihre Werke zu den am meisten ausgeliehenen Büchern. Soziale Schranken bedeuten ihr wenig. Für Astrid Lindgren sind sich alle Menschen in einem Punkt ähnlich. Es ist ihr egal, ob jemand eine Königin oder eine Putzfrau ist. Sie sieht in ihnen die Kinder, die sie einmal waren.

Vor meiner Reise nach Stockholm war ich in Genf kurz mit Königin Silvia zusammengetroffen. Als ich erzählte, dass ich plante, Astrid Lindgren zu besuchen, leuchtete ihr Gesicht auf und sie sagte: „Was ist sie doch für eine wunderbare Frau!“ Und dann in Stockholm, in der altmodisch gemütlichen Gästewohnung in der Drottinggatan, wollte das Zimmermädchen den Grund meiner Reise nach Schweden wissen. Wieder antwortete ich: „Ein Zusammentreffen mit Astrid Lindgren.“ Das gleiche Leuchten in den Augen, die gleichen Worte: „Welch wunderbare Frau!“

Der Sommerklumpen

Ähnlich wie Astrid Lindgrens Ronja Räubertocher haben die meisten Menschen als Kinder eine unauslöschliche Freude angesichts der Schönheit des Sommers empfunden. Manche Erwachsene tragen die Sehnsucht nach solchen Sommern immer noch tief im Herzen. Wie Astrid Lindgren ihre Ronja sagen lässt, hat sie wohl selbst die Sommer in sich eingesogen wie die Wildbiene den Honig. Ronja sammelt sich einen „großen Sommerklumpen" zusammen, um davon zu leben, wenn der Sommer längst vergangen ist.

Dieser Klumpen ist wie ein riesiger Kuchen aus Sonnenaufgängen, aus Blaubeerreisig mit reifen Beeren, aus Sommersprossen, aus dem abendlichen Mondschein über dem Fluss, dem Sternenhimmel und dem Wald in der Mittagshitze. Er ist voll von Sonnenlicht auf den Fichten und kleinen Regenschauern. Da gibt es Eichhörnchen, Füchse, Hasen, Elche und Wildpferde. Dazu kommt noch Schwimmen und Reiten im Wald. Kurzum, der „Kuchen" besteht aus allem, was einen Sommer ausmacht. Astrid Lindgren hat ihr ganzes Leben, besonders in schwierigen Zeiten, vom „Sommerklumpen" ihrer Kindheit gelebt.[6]

Mit dem Zug fuhr ich kurz darauf Richtung Süden, nach Gnesta, um die Schönheit der schwedischen Landschaft zu erleben, von der Astrid Lindgren mir gesagt hatte: „Ich wohne im schönsten Land der Welt: Hier gibt es alles, vom Lichten und Lächelnden bis zum Dunklen und Ernsten, oft auf die bezauberndste Weise gemischt." Im Großraumabteil saßen die Menschen stumm nebeneinander, blickten aneinander vorbei, wie im Wachsfigurenkabinett. Nur ein kleines barfüßiges Mädchen sprang und tanzte herum, kletterte den fremden Leuten auf den Schoß und streckte der genervten Mutter die Zunge heraus. Ein kleines temperamentvolles Mädchen, umgeben von erstarrten Erwachsenen. Beim Schwedenkenner Michael Salzer habe ich gelesen, auffallend sei das allgemeine Schweigen der Schweden, wenn sie öffentlich zusammenkämen: „Schon eine vernehmliche Unterhaltung gilt als unschicklich. Ausländer oder Einwanderer, die aus ihren Gefühlen keinen Hehl machen, sind dem Homo suedicus ein peinliches Ärgernis."

Keine harmlose Märchentante

Das kleine freche Mädchen gemahnte mich ein wenig an Pippi, die in die Jahre gekommen ist und schon ihren fünfzigsten Geburtstag gefeiert hat. Ihre Schöpferin Astrid Lindgren ist alles andere als ein konventioneller Mensch. Sie geht direkt auf einen zu und drückt spontan aus, was sie empfindet. Die Beschwerden des Alters haben dem „inneren Kind", für das sie alle ihre Geschichten erdacht hat, nicht viel anhaben können. Im Laufe unseres Gesprächs nimmt sie unversehens einige Male mein Gesicht in ihre Hände und „knuddelt" mich. Mir wird es ob so viel Herzlichkeit ganz warm ums Herz. Einige Tage später fing ich wie ein Kind zu lachen an, als mir diese Szene plötzlich wieder in den Sinn kam. Ich stand in einer Schlange vor einem Bankschalter in der Stockholmer Innenstadt und es trafen mich verwunderte Blicke der hier geduldig wartenden Menschen. Ähnlich erging es mir dann im Warteraum am Flughafen.

Astrid Lindgren ist anders, als man meint. Von sich selbst sagte sie, sie sei nicht nur eine liebe und harmlose Märchentante, die niemandem etwas zuleide tue. Sie konnte sich auch sehr über jemanden ärgern und scheute, wenn sie sich für etwas einsetzte, vor öffentlichen Auseinandersetzungen keineswegs zurück. Sie musste allerdings fast siebzig werden, bis sie sich in die öffentliche Debatte einmischte. Das Motto dafür findet sich in „Die Brüder Löwenherz": „Es gibt Dinge, die man tun muss, sonst ist man kein Mensch, sondern nur ein Häuflein Dreck." Ihr satirisches Märchen „Pomperipossa von Monsemanien", 1976 im „Expressen" erschienen, schrieb sie für Erwachsene. Der Anlass war eine absurde Steuerrechnung. In diesem Märchen erzählt die Dichterin von einem Phantasieland, in dem man mit der Logik

Schindluder treiben und beliebig viele Prozente errechnen kann. Mit ihrer Erzählung löste Astrid Lindgren einen regelrechten politischen Skandal aus und trug damit, nach fünfzigjähriger Regierung, zum Sturz der Sozialdemokraten bei.

Für die Freiheit der Hühner

Im Jahr 1985 begann sie sich zusammen mit der Tierärztin Kristina Forslund für den Tierschutz einzusetzen. Astrid trug die Zeit noch in sich, als Kühe und Pferde, Schweine und Hühner frei herumlaufen konnten. Sie wusste genau, wovon sie sprach und prangerte entschieden die grausame Behandlung dieser leidenden Kreaturen an. Dabei stritt sie sich heftig mit dem Minister und wichtigen Vertretern aus der Landwirtschaft. Unüberhörbar forderte sie die Abschaffung der tierquälerischen Missstände in der Massentierhaltung und in den Großschlächtereien. So löste sie eine lebhafte Tierschutzdebatte in ganz Schweden aus. Mit ihren Tier-Interviews, erschienen in „Dagens Nytheter", machte sie auf die grausame Massenhaltung aufmerksam. Auf Deutsch sind diese Texte unter dem Titel „Meine Kuh will auch Spaß haben: Einmischung in die Tierschutzdebatte" erschienen. 1987 erreichte sie, worum sich Tierschützer seit mehr als einem Jahrzehnt vergeblich bemüht hatten: Zu ihrem 80. Geburtstag wurde eine „Lex Lindgren", ein verbessertes Gesetz zum Schutz der Tiere, erlassen. Premierminister Ingvar Carlsson besuchte sie eigens in der Wohnung in Stockholm, um der prominenten Tierschützerin mit der spitzen Feder die Einzelheiten des neuen Gesetzes persönlich zu erläutern.

Unter der Bauernschaft stieß sie mit diesem Erfolg nicht immer auf Begeisterung. Ich traf bei meiner Reise nach Südschweden auf ein urwüchsiges Bauernpaar, das sein Leben lang nichts als Landwirtschaft betrieben und Schweden noch niemals verlassen hatte. Die beiden waren sich einig, Astrid Lindgren dürfe zwar hübsche Geschichten für Kinder schreiben, sich aber nicht in Belange der Tierhaltung einmischen. „Weiß sie denn nicht", sagte die Frau, „wie mühsam es ist, abends hinter jedem einzelnen Huhn herzulaufen, um es wieder einzufangen?" Ähnliches lässt Astrid Lindren in einem ihrer Tier-Interviews auch die Käfighenne Lovis sagen, als Antwort auf die Frage, ob das Huhn sich denn vorstellen könne, nicht mehr im Käfig leben zu müssen, sondern in Freiheit nach Würmern scharren zu können. „ ‚Raus aufs freie Land?', sagte Lovis und sah ganz erschrocken aus. ‚Raus mit 230.000 Hühnern! Wie wollen Sie die denn abends wieder in den Stall kriegen?' "[7]

Nobelpreiswürdig

In ganz Skandinavien war schon seit langem immer wieder die Frage laut geworden, ob Astrid Lindgren Nobelpreisträgerin werden könnte. Da die Kinderliteratur bis jetzt noch nie „nobelpeiswürdig" war, hatte man wohl den Friedensnobelpreis im Sinn. Immerhin war Astrid Lindgren neben zahlreichen anderen Ehrungen 1958 mit der „Hans-Christian-Andersen-Medaille", der höchsten Auszeichnung für Kinderliteratur – die man auch den kleinen Nobelpreis nennt –, geehrt worden. Und 1978 wurde sie für den „Friedenspreis des Deutschen Buchhandels" ausgewählt. Im Herbst 1994 hat sie dann den alternativen Nobelpreis verliehen bekommen, für ihren unermüdlichen Einsatz „für das Recht der Kinder auf Liebe und den Respekt für ihre individuelle Persönlichkeit".

Während eines Gesprächs im vornehmen Haus der Nobelstiftung an der Sturegatan fragte ich den Direktor Michael Sohlmann, unter einem Gemälde von Alfred Nobel, ob denn auch die meistübersetzte schwedische Autorin Astrid Lindgren eine mögliche Kandidatin für den Nobelpreis wäre. Diskret antwortete er, dass er mir über potentielle Kandidaten generell keine Auskunft geben könne. Mit einem leisen Lächeln fügte er aber hinzu, über diese Preisträgerin würde er sich freuen. Es ist anzunehmen, dass der 1944 in Stockholm geborene Sohlman als Kind ebenfalls zu Astrid Lindgrens großer Leserschaft gehört hat.

Die Sprache des Herzens

Hinter der Leichtigkeit, mit der Astrid Lindgren ihre Geschichten erzählt, steckte harte Arbeit. Jedes Kapitel wurde von ihr zuerst auf dem Bett liegend rasch stenografiert, um dem Fluss der Gedanken folgen zu können. Ähnlich wie bei der siebenjährigen Madita, in der gleichnamigen Erzählung, kamen bei Astrid Lindgren „die Einfälle so rasch wie 'n Ferkel blinzelt". Sie beherrschte die Fähigkeit, verschiedene Stilmittel miteinander zu verknüpfen. „Mio, mein Mio" ist in einer erzählerisch lyrischen Sprache verfasst. Sie wählte auch die Form der Kurzgeschichte und des Märchens, um zu zeigen, mit welchen Schwierigkeiten die armen Menschen in ihrer Kindheit zu kämpfen hatten. Ihre starke Gefühlskraft wird dabei nie sentimental. Sie beobachtete die Sprache wachsam, und wenn diese an einer Stelle ihrer Geschichte ins Stocken zu geraten drohte, änderte sie blitzschnell die Richtung.

Die deutschen Übersetzungen mögen von unterschiedlicher Qualität sein. Trotzdem geht der ganz besondere Zauber ihrer Erzählungen nicht verloren. Sie zeichnete das Leben mit der Sprache des Herzens, in seiner Fülle, in der jeder Tag zum Abenteuer wird. Dahinter steht die Kraft der Liebe zu den Kindern, die Anspruch auf Literatur von hoher Qualität haben. Auch für den erwachsenen Leser sind ihre Geschichten wie Sprachbalsam in einer Zeit des großen Geschwätzes. Die literarische Form entspricht dem Gehalt ihrer Geschichten so genau, wie es sonst nur bei Meisterwerken der Literatur für Erwachsene vorkommt.

Oft beginnen ihre Geschichten damit, dass Kindern etwas Wesentliches in ihrem Leben fehlt. Wie Mio und Rasmus, die Waisenkinder, oder Niels Däumling, der von beiden Eltern wegen ihrer Arbeit tagsüber allein gelassen wird. Gerade wenn es am traurigsten zu sein scheint, tritt die Wende zum Besseren ein, eröffnet sich eine neue Dimension. Oder, wie es der Dalai Lama einmal ausdrückte: „Wir brauchen nicht zu verzweifeln, auch wenn sich ein Wunsch nicht erfüllt, dann gibt es noch viele andere."

Mit glänzenden Augen und glühenden Wangen

Auf der ganzen Welt verschlang und verschlingt eine riesige Leserschaft mit glühenden Wangen und glänzenden Augen ihre Bücher. Astrid Lindgrens Werke wurden in fast sechzig Sprachen übersetzt. Ein kluger Kopf hat ausgerechnet, dass es 175 Eiffeltürme ergäbe, wenn man die geschätzten dreißig Millionen Exemplare übereinander stapelte. Oder: In Reihen gelegt, könnte man darauf gleich dreimal um die Erde marschieren. Dazu kommen noch zwei Dutzend Verfilmungen, Bühnenbearbeitungen und Hörkassetten. Sie hat an die fünfzig Preise gewonnen. Allein in Deutschland sind etwa vierzig Schulen nach ihr benannt worden. Seit einigen Jahren gibt es auch einen schwedischen und einen deutschen Astrid Lindgren-Preis.

Inzwischen werden sogar Doktorarbeiten über ihr „rothaariges Mädchen" verfasst. Was die wohl dazu sagen würde, da sie doch so wenig von Schule und Gelehrsamkeit hält: „ ‚Aber bedenkt mal', sagte Pippi und legte nachdenklich ihren Finger an die Nase, ‚wenn ich gerade gelernt habe, wie viele Hottentotten es gibt, und einer davon bekommt Lungenentzündung und stirbt – dann war alles umsonst'."[8] Die Schwierigkeit besteht nämlich darin, und das weiß Pippi genau, dass die Hottentotten sich nicht so benehmen, wie es sich der Schulbuchschreiber vorstellt.

Ähnlich verhält es sich mit Astrid Lindgrens Werk und den Kritikern, die ihre Bücher psychologisch, pädagogisch, soziologisch und sogar politisch deuten. Wenn sie von den verschiedenen Auslegungen erfuhr, sagte sie meist nur: „So, das habe ich also mit meinen Geschichten sagen wollen. Das habe ich bisher noch gar nicht gewusst."

Astrid Lindgren zeigte durch ihr Leben, dass es auch auch Erwachsene gibt, die sich ihre innere Freiheit und ungebrochene Spontaneität bis ins hohe Alter bewahren. Wenn sie sprach, streckte sie oft ihren langen Zeigefinger in die Luft. Ihre feingliedrigen Hände erweckten den Anschein, als dirigierte sie eine unhörbare Melodie, die ihre Worte begleitete. An manchen Stellen unseres Gesprächs kamen ihr plötzlich Verse aus einem von ihr selbst verfassten Gedicht oder einem ihrer Lieblingsgedichte in den Sinn.[9] Dann wieder sang Astrid Lindgren mir spontan eine Weise aus ihrer Kindheit vor. Ihre Freundin Elsa Olenius hat über Astrid Lindgrens Gesang vor fast dreißig Jahren geschrieben: „Ein wahrer Genuss ist es, sie småländische Moritaten singen zu hören, ein Erbe mütterlicherseits. Man hört beinahe das Sausen der Wälder ihrer Kindheit."[10]

II. „Sag mir, wo Bullerbü liegt" – Astrid Lindgren im Gespräch

DAS PARADIES DER KINDHEIT

> Mithin, sagte ich ein wenig zerstreut, müssten wir wieder vom Baum der Erkenntnis essen, um in den Stand der Unschuld zurückzufallen? Allerdings, antwortete er; das ist das letzte Kapitel von der Geschichte der Welt.
>
> *Heinrich von Kleist, Über das Marionettentheater*

Im Einklang mit den Dingen

Felizitas von Schönborn: An einem Sommertag, die Vögel zwitscherten, saß ich mit meinem damals fünfjährigen Sohn Gregor zusammen im Garten, mitten in der herrlichen Blütenpracht. Wir sogen in tiefen Atemzügen den Duft der noch zarten Sommerblumen in uns ein. Beide schwiegen wir und waren beglückt von der Schönheit der Natur. Plötzlich sagte mein kleiner Sohn: „Das Leben ist wunderschön". Gibt es so etwas wie die „goldene Zeit der Kindheit", in der man die Freude über das Dasein besonders stark empfinden kann?

Astrid Lindgren: Meine Kindheit jedenfalls war sehr glücklich, weil sie voller Liebe war. Ähnlich wie Ihr Sohn die Schönheit dieses Sommertags empfunden haben mag, lebte ich als Kind im Einklang mit der Natur. In solchen glücklichen Augenblicken meint man, das Leben könne im Grunde immer so schön sein. Aber leider, in Wirklichkeit trifft das nur selten zu. Ganz bestimmt kann man eine Kindheit wie die meine auch in diesen Tagen noch erleben. Aber es gibt viele, viele arme Kinder, bei denen das gar nicht zutrifft. Nach der Filmpremiere der „Brüder Löwenherz" in Stockholm hat mir eine Frau im Gedränge ein zerknittertes Stück Papier zugesteckt. Darauf stand geschrieben: „Sie haben mir meine düstere Kindheit vergoldet!" Ich wäre glücklich, wenn ich auch nur eine einzige Kindheit vergoldet hätte.

Könnten wir Erwachsenen nicht besonders von den Kleinen lernen, uns an der Schönheit der Natur zu erfreuen?

Aber natürlich. Menschen, die in Städten leben, können sich das kaum noch vorstellen. Aber auch heute gibt es überall viel Wunderbares. Schon bei einem Spaziergang im Park kann man das erleben. Man muss nur die Augen aufmachen und sehen wollen. Da kann dann jeder diese Schönheit der Schöpfung erleben. Mich haben Wiesen, Wolken und Wälder tiefer beeindruckt als selbst die größten Bauwerke der Menschheit.

Sie sind in der unverdorbenen und schönen Natur in Småland aufgewachsen. Diese Landschaft hat Sie wohl auch geprägt.

Ja, wir lebten ganz mit der Natur. Als ich klein war, spielte sich fast das ganze Leben draußen ab. Für mich ist die Natur das wichtigste von allem. Ich brauche und liebe sie über alles. Wenn ich an meine Kindertage zurückdenke, dann fallen mir als erstes nicht die Menschen von damals ein, sondern die Wiesen und Wälder. Ich erinnere mich an die Frühlinge, als wir die ersten Anemonen pflückten. Welches Glück war es, wenn wir sie entdeckten. Steine und Bäume waren uns so nahe, als seien sie lebende Wesen. Bis heute ist die Natur für mich Freude und Trost geblieben. Die Erinnerung an meine Kindheit in „Bullerbü" lebt immer noch in meinem Herzen weiter. Bullerbü heißt eigentlich Näs und war ein Pfarrhof, den mein Vater gepachtet hatte. Wenn ich daran denke, dann kehrt diese Zeit zurück, als wäre es heute. Ich hatte auch ein kleines Lämmchen, wie Lisa in den Bullerbü-Büchern, und bin wie sie herumgetollt und über Zäune geklettert.

Sie haben wohl schon immer eine besondere Vorliebe für das Klettern gehabt?

Ja, ja, schon als Kind. In Vimmerby bewohnte ein Mädchen ein kleines Zimmer hoch auf dem Dachboden. Um bei Brandgefahr entkommen zu können, hatte man am Giebel ein Seil angebracht. Mit einigen Freundinnen stand ich im Hof. Wir unterhielten uns darüber, ob jemand hinaufklettern sollte. Die Mädchen fragten gar nicht, wer das tun sollte. Man schickte einfach mich los. Ich tat es mit Todesverachtung und ließ mich von den anderen aus dem Fenster heben. Als ich da so aus dem zweiten Stock herausbaumelte, ließen die anderen das Seil plötzlich los. Ich plumpste auf die zementierte Straße und habe mir meine Knie aufgeschlagen. Sie wissen ja, wie Schulkinder sind, die haben mich nur ausgelacht. Dann ging eine alte Frau vorbei und rief ihnen zu: „Kümmert euch doch um sie. Seht ihr nicht, dass sie verletzt ist?" Gott sei Dank war das Mädchen, das da oben in diesem Zimmer wohnte, die Tochter des Apothekers, und die Apotheke lag im gleichen Haus. Ich wurde ordentlich verbunden. Eigentlich sollte niemand etwas davon erfahren. Aber dann sprach sich die Geschichte doch herum, denn ich hätte ebenso tot sein können. Sogar der Direktor von unserer Schule bekam es zu hören. Ganz Vimmerby sprach davon. So erfuhr es auch mein Vater. Der aber sagte nur: „Wie gut, dass du aus einer Apotheke gefallen bist. Da gab's ja wohl genug Verbandszeug." Das war alles, was er zu diesem Vorfall in seiner nüchternen Art zu sagen hatte. Er war ein lieber Mensch mit viel Humor. Diese Begebenheit habe ich dann in mein Madita-Buch verwoben.

Und wie war das mit dem Eulenbaum?

In unserem Garten stand dieser alte Baum mit seinen vielen Ästen. Weil die Eulen hier ihr Nest gebaut hatten, nannten wir ihn den Eulenbaum. Als Kinder hat uns das nächtliche Rufen der Eulen oft erschauern lassen. Der Baum war innen hohl und hat mir die Idee zu Pippis Limonadenbaum gegeben. Er war auch ein beliebter Kletterbaum. Immer wenn ich an diesen Baum denke, dann kann ich in meinen Händen noch die Griffe spüren, die nötig waren, um hinauf zu gelangen. Und ich weiß noch, wie es sich unter den Fußsohlen anfühlte. Einmal kletterte Gunnar, wie Bosse in meiner Bullerbü-Geschichte, hinauf und legte den Eulen ein Hühnerei ins Nest. Und die haben es auch wirklich ausgebrütet.

Haben Sie später in Stockholm Ihre Klettergewohnheiten aufgegeben?

Nein, auch in Stockholm habe ich als junges Mädchen noch ganz verrückte Sachen unternommen. Eigentlich ist es ein Wunder, dass ich noch am Leben bin. Ich wohnte zur Untermiete in einer Wohnung. Als ich einmal nach Hause kam, stand die Zimmerwirtin vor verschlossener Tür und konnte nicht in ihre eigene Wohnung. Sie hatte den Schlüssel vergessen. Auch ich hatte, welch ein Zufall, keinen Schlüssel bei mir. Sie fragte mich, ob ich nicht durch ein offenes Fenster klettern könne, um übers Dach zu einem Fenster zu balancieren, das ebenfalls offenstand und in die Wohnung ging. Das war nicht so leicht, es war immerhin im vierten Stock. Ziemlich hoch also. Unten war eine Straße mit Pflastersteinen. Es wäre mir nicht im Traum eingefallen, nein zu sagen, sondern ich kletterte und spazierte über die Regenrinne. Dann kam ich zu dem offenen Fenster. Das ging zu allem noch nach außen auf. So musste man es sehr geschickt mit Hilfe der Beine öffnen, ohne dabei herunter zu fallen.

Der Frühling gehört allen

In Ihren Büchern kommen sehr viele Naturschilderungen vor. Lesen Kinder so etwas wirklich gern?

Ich denke schon. Ich nehme ein Stück Wildnis, gerade so viel, wie ich brauche. Ich glaube zu wissen, dass ich noch nie etwas geschrieben habe, was Kinder langweilt. Ich schreibe nie langatmige Geschichten mit vielen Wörtern, weil ich weiß, was das richtige Maß für Kinder ist.

In „Ronja Räubertochter" liegt ein Kreuzotterweibchen, das bald Junge bekommen soll, dicht neben den Kindern friedlich in der Sonne. Die Menschenkinder und die Schlange stören einander nicht. Der Frühling gehört allen Lebewesen. Sie haben damit fast das biblische Bild einer friedvollen Welt beschrieben. Ist unsere Kindheit auch ein Stückchen Paradies, weil Kinder in Harmonie und Frieden mit der Natur und den Mitgeschöpfen leben können?

Kinder sind ganz anders mit der Natur verbunden als Erwachsene. Ich selbst habe das jedenfalls so erlebt. Wir waren vier Geschwister: Gunnar, mein älterer Bruder, Stina und Ingegerd, meine jüngeren Schwestern, und ich. Wir konnten ganz unbeschwert spielen und spielen und spielen. Ich weiß nicht, wie viele Kinder das heute noch können. Als ich „Ronja" schrieb, hatte ich Sehnsucht nach der Wildnis, die so weit weg schien. Hier in der Stadt blieb mir nichts anderes übrig, als von der Wildnis, von einem Wald mit schönen Bäumen zu träumen. Und da dachte ich mir, wenn ich das alles nicht in Wirklichkeit haben kann, dann will ich es in meiner Phantasie zu mir holen und eine Geschichte darüber erzählen. Dann nahm ich das wildeste Wilde, was ich mir ausdenken konnte, und dazu brauchte ich einige Räuber. Ich sah ein Bild von einem Berg und einer Burg. Plötzlich spaltete sich mit einem Donnerschlag der Fels und eine Schlucht tat sich auf. Dann habe ich mir gesagt, in diesen beiden

Teilen wohnen verschieden Menschen, und auf einmal waren die Gestalten von Ronja und Birk da.

Wie konnten Sie es bei Ihrer großen Naturverbundenheit nur aushalten, während fünfzig Jahren mitten in der Stadt zu leben?

Na, mit Vasaparken in meiner unmittelbaren Nähe ging das schon. Und ich fahre oft zu meinem Häuschen nach Furusund in den Schären, wo ich noch eine geheime Stelle für Walderdbeeren habe. Außerdem bin ich ungeheuer sesshaft und bodenständig und möchte Veränderungen in meiner Umgebung am liebsten vermeiden.

Die Kindheit im Herzen tragen

Sehnen Sie sich manchmal nach Ihrer Kindheit zurück?

Es ist zwar traurig, dass alles vorbei ist, aber ich möchte doch nicht wieder ein Kind sein, im heutigen Schweden. Ich würde mir wünschen, dass das Leben der Kinder hier in Schweden und auf der ganzen Welt schöner wäre, als es ist. Es ist eine verkehrte Welt, in der es schwierig ist, glücklich zu sein. Und außerdem: Wäre ich immer ein Kind geblieben, dann hätte ich doch keine eigenen Kinder haben können. Man muss doch alle Lebensphasen miteinander vereinen.

War Ihre eigene Kindheit wirklich so ungetrübt?

Wir hatten natürlich auch unsere alltäglichen Sorgen und es lief nicht alles mühelos und ohne Hindernisse. Aber diese Dinge wiegen wenig, gegenüber den Erinnerungen an die glückliche Zeit, von der ich in meinen Bullerbü-Büchern erzählt habe. Wie schon gesagt, als Kind wollte ich vor allem immer, immer, immer spielen. Vielleicht ist es gut, wenn man sich in der Kinderzeit so richtig ausspielen kann.

Und an den Sonntagen sind Sie mit Ihrer Familie in die Kirche gegangen?

Natürlich. Damals habe ich den Kirchbesuch allerdings oft als langweilig empfunden. Bei der Predigt des Pfarrers konnte ich den schwierigen Worten kaum folgen. Da fragte ich meinen Bruder Gunnar, der neben mir auf der Kirchenbank saß: „Kannst du begreifen, was der Pfarrer da erzählt?" Er meinte: „Das Zeug versteht ja wohl niemand." Da war ich beruhigt und dachte, da muss ich mich nicht weiter um das Gerede kümmern, und malte mir in Gedanken meine Geschichten aus. Das heißt aber nicht, dass wir nicht fest an Gott geglaubt hätten und braven Gotteskinder sein wollten.

Kann man sich später, im Kampf ums Dasein, seine Kindlichkeit überhaupt bewahren?

Die Menschen sollten die Erinnerung an ihre Kindheit bis an ihr Lebensende mit sich tragen. Gut haben es eigentlich nur Kinder, deren Eltern sich um sie kümmern und ihnen Vertrauen mit auf den Lebensweg geben. Nur so kann die Welt besser werden. Wenn ich überhaupt etwas mit meinen Büchern erreichen will, dann ist es das, die Erwachsenen und die Kinder einander näherzubringen.

Große Dinge mit einfachen Worten sagen

Gibt es eine Brücke zwischen der Kindheit und dem Erwachsensein? Oder sind das zwei Länder, die weit entfernt voneinander sind?

Meistens ist das wohl so, dass es da zwei verschiedene Welten gibt. Aber es gibt wohl auch Erwachsene, die diese Brücke bewusst überschreiten. Vielleicht trifft das besonders für Kinderbuchautoren zu, die sich als Wanderer zwischen diesen beiden

Welten bewegen können. Bestimmt war Erich Kästner so ein Mensch. Er hat doch etwas darüber geschrieben…

Sie meinen vielleicht diese Stelle: „Die meisten Menschen legen ihre Kindheit ab wie einen alten Hut oder wie eine Telefonnummer, die sie vergessen haben. Früher waren sie Kinder und dann wurden sie Erwachsene. Aber was sind sie jetzt? Nur wenn jemand ein Erwachsener ist und ein Kind bleibt, wird er ein Mensch."

Das ist sehr schön gesagt. Er hat viel von Kindern verstanden. Aber es gibt auch viele Menschen, die überhaupt nicht mit Kindern sprechen können. Sie sollten das Kind in ihnen mehr zu Wort kommen lassen. Man muss immer daran denken, dass Kinder nur begrenzte Erfahrungen haben. Ich erinnere mich, dass einmal ein berühmter Schriftsteller gesagt hat, man sollte versuchen, selbst über große Probleme in so einfacher Sprache zu schreiben, dass auch das kleinste Kind es begreifen könne. Ich glaube, dass ich instinktiv erfasse, was Kinder fühlen und denken. Und ich schreibe so, dass die Kinder es wirklich mögen. Und es gibt auch manche Erwachsene, die meine Bücher gern lesen.

DIE ENGEL SINGEN MOZART

> Jedes Kind ist gewissermaßen ein Genie, und jedes Genie ist gewissermaßen ein Kind.
>
> *Arthur Schopenhauer*

Alles hängt ab von der Liebe

Als ich mit meinem Sohn im Garten saß, wie eingangs geschildert, fragte er mich plötzlich: „Mami, und das Böse – wo kommt das Böse her?

Wird das Böse auch in mich kommen?" Ist es nicht erstaunlich, dass schon kleine Kinder spüren, wie nahe Freude und Leid beieinander wohnen?

Kinder tragen so eine Ahnung von allem in sich, was es im Leben gibt, und können es ganz spontan ausdrücken. Vielleicht werden die Kinder von Gott mit sehr viel Klarsicht in die Welt geschickt. Einige können ihren Verstand schon sehr früh gebrauchen, anderen gelingt das nicht. Manchmal möchte man meinen, Kinder könnten den Großen etwas über die Zusammenhänge im Leben sagen, die diese schon längst vergessen haben.

Um nochmals auf die Frage nach dem Bösen zurückzukommen. Glauben Sie, dass es bereits „böse" Kinder gibt?

Denken Sie doch an Neugeborene, die in einer Wiege liegen. Kann man da schon von bösen Wesen sprechen? Es gibt eigentlich auch keine unsympathischen Kinder, für mich jedenfalls nicht. Sicher haben manche schlechte Veranlagungen, die sich mit den Jahren verstärken. Ich bin aber davon überzeugt, dass Kinder, die so abscheuliche Dinge tun wie andere Kinder umzubringen, von Anfang an eine schreckliche Kindheit gehabt haben.

Kinder können sich noch darüber wundern, dass ein Baumsamen „weiß", welcher Baum er werden soll. Wie es in einem Vers heißt: „Im Walde jeder einzeln Baum / hat seinen Wuchs, hat seinen Traum". Glauben Sie, dass es auch in einem kleinen Kind ein verborgenes Bild von dem gibt, was es später einmal werden soll?

Ich war Kind, und ich hatte keine Ahnung, was aus mir einmal werden würde, ein hoher oder ein niedriger Baum. In keinem Säugling liegt ein Samenkorn, das ihn zu einem lieben oder bösen Menschen macht. Aus manchem wird etwas Gutes, aus manchem wird etwas Schlechtes. Ich glaube allerdings, dass ein Baum, der liebevoll umhegt wird, besser gedeiht. Besonders bei Kin-

dern hängt alles von der Liebe ab, die man ihnen gibt. Erst durch die Liebe können sie sich richtig entfalten.
Wie war es denn beim Wunderkind Mozart, was glauben Sie?

Mozart soll als Kind, zu seinem musikalischen Talent befragt, geantwortet haben: „Ich bringe die Noten, die sich lieben, zusammen." Er war wohl ein Geschenk vom lieben Gott an die Menschen. Ob ein solches Talent unter ungünstigen Umständen verkümmert wäre?

Ich glaube nicht, dass es möglich gewesen wäre, Mozarts Begabung zu unterdrücken. Ob mit einem Vater, der ihn mit aller Gewalt zu einem Wunderkind machen wollte, oder ohne. Mozart wäre immer Mozart geworden. Er muss schon mit allen seinen Begabungen auf die Welt gekommen sein.

Sind Wunderkinder nicht meist Produkte der Erziehung und der Wunschbilder der Eltern?

Es ist traurig, wenn Eltern unbedingt aus ihrem Kind ein Wunderkind machen wollen. Es wird um seine Kindheit betrogen. Von Mozart würde ich das allerdings nicht sagen. Ich liebe Mozart sehr. Erst gestern habe ich mit einer amerikanischen Klavierlehrerin über ihn gesprochen. Ich war glücklich, als ich hörte, wie sehr sie Mozart verehrt. Übrigens haben wir auch über Gustaf Gründgens gesprochen. Ich habe ihr erzählt, dass ich früher eine sehr schlechte Meinung von ihm gehabt hätte, wegen seiner zwiespältigen Rolle im Dritten Reich. Dann las ich seine Memoiren. Gründgens schreibt darin, jemand habe ihn nach seiner Lieblingsmusik gefragt und er habe geantwortet: Mozart, Mozart, Mozart. Da dachte ich mir, es gibt doch etwas Gutes in ihm.

Der Schweizer Theologe Karl Barth glaubte, auch die Engel im Himmel würden Mozart singen...

Das kann wohl sein, vielleicht ist Mozart etwas so Einmaliges, dass es seine Musik auf Erden und im Himmel und im ganzen Universum gibt. Darüber muss Mozart doch sehr vergnügt sein. Es wäre doch ein schönes Bild, wenn man sich vorstellt, dass die Engel seine Musik hören genau wie wir.

Ein ewiger Spielplatz

Wie stellen Sie sich eigentlich das Paradies vor? Wird es dort auch eine herrliche Sommerwiese zum Spielen geben?

Ja, das glaube ich. Da kommt mir ein Gedicht von Erik Axel Karlfeldt in den Sinn. Es ist eines meiner Lieblingsgedichte. Es handelt von einem Vater, der seinen ärmlichen und kränklichen unehelichen Sohn, der nichts von ihm weiß, vor einem Zaun stehend beobachtet, hinter dem gesunde und muntere Kinder spielen. Der kleine Bub bittet den vermeintlich Fremden, ihm über den Zaun zu helfen. Aber der Mann streichelt das Kind wortlos und geht seines Weges. Bald darauf stirbt das Kind, und ein tiefer Schmerz zerreißt das Herz des untröstlichen Vaters, der sich mit bitteren Vorwürfen quält.

Hast Du einen Spielplatz, o König
auf Deinen seligen Wiesen,
wo die Blumen mit duftendem Honig
sich für ewig den Kindern verströmen,
dann kommen sie zum Spiele zusammen,
auch die Schwachen und Bleichen,
die Du dem Bette der Armut entrissen,
die vor den Gärten auf Erden
draußen stehn und sich sehnen.
Und wenn dann Deine Scharen
ihre kleine fröhlichen Freunde sehn,
von heiligen Müttern und Jungfraun betreut,
dann lass mich draußen am Zaune stehn,
und sei‘s wie ein Unkraut im Feld,

um mein Söhnlein zu sehn.
Eine kleine Weile nur, lass mich stehn,
obgleich ich verworfen ward,
um mich über sein Lachen zu freun.

Vielleicht weckt dieses Gedicht auch die schmerzliche Erinnerung in Ihnen, wie Sie sich als junge und unverheiratete Mutter von Ihrem kleinen Sohn trennen mussten?

Ich war noch sehr jung, als ich meinen Sohn Lars zur Welt brachte, und sehr arm. Meine Eltern mussten mir oft zu essen schicken. Ich sah mich gezwungen, mich von meinem Sohn zu trennen. Es war sehr schmerzvoll für mich. Ich bin immer eine durch und durch mütterliche Natur gewesen und liebte meinen kleinen Sohn aus ganzem Herzen. Ich habe ihn in Kopenhagen zur Welt gebracht, wo man nicht viele Fragen stellte. Erst als ich nach drei Jahren ein eigenes Zuhause bekam, konnte ich ihn endlich zu mir holen. Anfangs sprach er nur dänisch. Aber nach einigen Wochen bei meinen Eltern plapperte er bald wie ein waschechter Smäländer. Mein Sohn hat diese Welt nun wieder verlassen. Er ist mit sechzig Jahren einem Hirntumor erlegen. Gott sei Dank lebt meine Tochter noch, sie ist für mich der allerliebste Mensch auf der Welt.

Lieben Sie Gedichte?

Aber natürlich, die Poesie ist mein halbes Leben. Wir haben wunderbare Gedichte in diesem Land, finde ich. Sie sind vielleicht nicht die besten auf der Welt. Wir haben zwar keinen Goethe hervorgebracht, aber es gibt viele begabte Poeten und unzählige schöne Gedichte in Schweden. Ich habe auch Gedichte und Lieder geschrieben. Einige sind jetzt von Marianne Eriksson in dem reizenden Büchlein „Astrid Lindgren's Gedichtebaum“ zusammen mit meinen Lieblingsgedichten veröffentlicht worden.

DAS LEBEN IST HERRLICH UND SCHRECKLICH

> Das Leben übersteigt unendlich alle Theorien, die man in bezug auf das Leben zu bilden vermag.
>
> *Boris Pasternak*

Des Kaisers neue Kleider

Sind Kinder manchmal wirklich fast schon kleine Philosophen, die über die Geheimnisse der Welt staunen können, wie es der amerikanische Philosophieprofessor Gareth B. Matthews in seinem Buch „Die Philosophie und das kleine Kind" beschreibt?

Für Kinder ist alles neu, sie können über die Schönheit des Lebens staunen. Ach, könnten das doch alle Kinder erleben. Es wird aber immer schwerer, sich in der heutigen Welt zurechtzufinden, in der so viele gräßliche Dinge geschehen.

Und die Politiker, die sich heute so wichtig nehmen…

Ja, die Politiker. Manche von ihnen sind wohl gut und vernünftig. Wenn man ihnen aber von morgens bis abends zuhört, wie sie reden, dann könnte man einschlafen. Ich interessiere mich zwar für Politik, aber das Gerede der Politiker macht mich todmüde. Was sie den Menschen nicht alles einreden wollen.

Vielleicht fallen Kinder auf so etwas weniger herein. Ich denke da an die Geschichte von Andersen „Des Kaisers neue Kleider". Dort tat jeder so, als sähe er das prächtige Gewand des Kaisers, das angeblich von den Gaunern gewebt worden war, um nicht für dumm gehalten zu werden…

Nur ein Kind wagte, die Wahrheit auszusprechen, dass der Kaiser nämlich überhaupt nichts anhatte. Die Erwachsenen redeten sich mit aller Gewalt ein, sie könnten den schönen Stoff sehen. Das Kind aber ließ sich nicht in die Irre führen. Oft sind Kinder deshalb auch bessere Gesprächspartner. Ich jedenfalls unterhalte mich sehr gerne mit ihnen. Sie sprechen über Dinge, die sie wirklich denken. Man sagt auch, dass Zauberer nicht gerne vor Kindern auftreten, weil die Kinder sehr schnell sehen können, dass alles nur ein Trick ist.

Können Sie heute noch über sich selbst lachen?

Ja, ja, das kann ich. Ich kann mich kaputt lachen. Das liegt wohl bei uns in der Familie. Auch meine Geschwister, besonders mein Bruder Gunnar, haben ihren Humor während des ganzen Lebens bewahrt. Als Kinder hatten wir ständig etwas zum Lachen. Noch heute spreche ich mit meinen Schwestern gerne darüber. Wir erinnern uns, was wir damals gesagt haben, und schon müssen wir lachen.

Lovis und Mattis, die guten Räubereltern

Haben Sie nie gegen Ihre Eltern aufbegehrt? Waren Sie immer brav?

Das habe ich wohl getan. Ich war nicht immer ein sehr gutes Kind. Als Vierzehn-, Fünfzehn-, Sechzehnjährige revoltiert man. So war das wohl auch bei mir. Da ist es am besten, wenn man einen Mittelweg zwischen Strenge und Verständnis findet. Es ist nicht leicht, Vater oder Mutter zu sein. Und dazu geben die Kinderpsychologen den Eltern heute immer wieder neue Ratschläge. Wer soll sich da noch auskennen?

Solche Probleme haben die Räubereltern Lovis und Mattis wohl nicht. Sie bringen ihrer Tochter Ronja großes Vertrauen entgegen und fordern sie auf, ihre eigenen Erfahrungen zu machen und selbst herauszufinden, wie es sich im „Mattiswald“ lebt…

Ja, die beiden Räubersleute sind sehr gute Eltern und Ronja hat eine wunderbare Kindheit. Das gilt auch für Mattis, der ein liebender Vater ist, auch wenn er Krach schlagen und wütend werden kann. Er war ja so verzweifelt, als seine Tochter nicht mehr da war. Er hat Ronjas Freund Birk geschlagen und gefesselt. Da trifft Ronja ihre Wahl und springt über den Abgrund zu den Räubern auf der anderen Seite. Sie war sehr böse auf ihren Vater. Und Mattis wird ganz verzweifelt und sagt: „Ich habe kein Kind mehr."

In „Ronja" beschreiben Sie eindrücklich, wie die rauhbeinigen zwölf Räuber und ihr Hauptmann Mattis dahinschmelzen, als sie das winzige Räubermädchen Ronja betrachten. Ronja hält das Räuberherz ihres Vaters Mattis in Händen. Im Grunde ist jedes Kind wie ein Lächeln. Mit den Kindern kommt wohl das Lächeln in die Welt?

Es ist gut, dass wir als Kinder und nicht als sechzigjährige sture Beamte geboren werden, die auf ihre Rente warten. Wenn ein kleines Kind lächelt, kann das ansteckend wirken. Auch Menschen mit harten Gesichtern beginnen zu lächeln. Ich hoffe, meine Bücher haben auch Kinder und Jugendliche zum Lächeln gebracht, die unter schwierigen Umständen aufwachsen müssen, die kaum je Gutes erleben können. Viele Jugendliche sind verunsichert. Es ist traurig, dass schon junge Menschen Selbstmord begehen. Sie haben doch nur ein Leben und sollten es nicht wegwerfen. Sondern hoffen, dass sie selbst Kinder bekommen, denen sie eine schöne Kindheit geben können.

Dunkle und helle Kräfte

Sicher haben auch die Astrid Lindgren-Filme die Jugend sehr beeindruckt. Haben Sie es gerne, wenn Ihre Bücher verfilmt werden?

Ja, wenn sie gut verfilmt werden. Besonders „Ronja" oder „Die

Brüder Löwenherz". Diese zwei Filme hatten völlig unterschiedliche Regisseure, und beide sind sie danach verstorben. Olle Hellborn hat „Die Brüder Löwenherz" gedreht. Das war sein letzter Film, dann ist er gestorben. Und Tage Danielsons letzter Film war „Ronja Räubertochter". Auch er ist bald darauf gestorben. Als sich ein anderer Regisseur für eine Verfilmung interessierte, sagte ich zu ihm: „Geben Sie acht, Sie sind in Lebensgefahr!"

Bei der Verfilmung der „Brüder Löwenherz" ereignete sich übrigens ein merkwürdiger Zufall. Der Film entstand teilweise auf Island. Bei den Dreharbeiten kam eines Tages eine isländische Mutter mit einem Kinderwagen daher. Eine Frau aus dem schwedischen Filmteam erkundigte sich nach dem Namen des Kindes. Die Mutter antwortete ihr: „Mein Sohn heißt Tengil." Wie der böse Herrscher in meiner Geschichte! Da waren die Leute ziemlich erstaunt.

Mit Tengil haben Sie das Bild von einem unbarmherzigen, absoluten Herrscher gezeichnet – ähnlich wie Hitler?

Ja, er trägt wohl einige Züge von Hitler. Ich habe in den dreißiger Jahren die internationale Politik verfolgt. Daher wusste ich schon vor dem Krieg über Hitlers Weg Bescheid. Ach, wie ich diesen Mann aus vollem Herzen gehasst habe! Auch heute kann ich sehr wütend werden, wenn ich höre, dass es Neonazis gibt, die nun wieder diesen schrecklichen Mann anbeten. Ich habe mir viele Dokumentarfilme über diese Zeit angesehen und Bücher gelesen. Fuchsteufelswild werde ich über Leute, die behaupten, die Vernichtung der Juden hätte gar nicht stattgefunden. Wie kann man nur so etwas sagen? Heute hat doch wohl jeder die schrecklichen Bilder von den Konzentrationslagern und den Gasöfen gesehen. Als ich 1989 in Polen war, besuchte ich das Konzentrationslager Majdanek. Das hat mich zutiefst betroffen gemacht.

Bertrand Russell hat einmal gesagt: „Das Geheimnis des Glücks ist es, der Tatsache ins Angesicht zu sehen, dass die Welt schrecklich ist, dann kann man beginnen, sich wieder glücklich zu fühlen."

Ich kann mich an zwei Gespräche erinnern. Als ich etwa zwölf Jahre alt war, da sagte ich: „Das Leben ist eine Strafe", und ein andermal: „Das Leben ist doch nicht so schrecklich, wie es den Anschein hat." Es ist beides. Das Leben ist herrlich und schrecklich zugleich. Ich habe oft in traurigen Momenten meines Lebens zu schreiben begonnen... In meinem Buch über Mio erzähle ich vom alten Kampf zwischen Gutem und Bösem, zwischen dunklen und hellen Kräften.

Das Land der Phantasie

Mio ist ein besonders einsames Kind...

Der Mensch ist im Grunde ein einsames Wesen. Kinder leiden natürlich sehr darunter, wenn sie niemanden haben, für den sie wichtig sind und dem sie ihre Gefühle zeigen können. Zu lesen, wie Mio seinen Vater findet, ist sicher beglückend für jedes Kind, besonders wenn es in einer unheilen Welt leben muss. In seiner Vorstellungskraft kann es im „Land in der Ferne" sein, weit weg vom alltäglichen Leben.

Ich war einmal in einer Ausstellung des belgischen Malers René Magritte. Auf einem Bild schwebte über den Wellen des Meeres ein mächtiger runder Felsen mit einem Märchenschloss. Da hörte ich einen Besucher fragen: „Was ist auf dem Bild zu sehen?" Und ein anderer antwortete: „Ich weiß es nicht, ich muss erst im Katalog nachlesen"...

Es ist gut, dass es die Welt der Phantasie gibt, mit ihrer befreienden Wirkung. Auch wir Erwachsenen brauchen sie. Aber besonders wichtig ist es, dass Kinder sich ihre eigene Welt schaffen, in die sie sich zurückziehen können. Wenn sie diese Gabe haben, können sie später besser mit den Schwierigkeiten fertig werden, die auf sie zukommen.

Ebenbilder Gottes?

Ist die Welt im Laufe Ihres Lebens nicht besser geworden?

Die Welt hat sich seit meinen Kindertagen im Pferdezeitalter doch sehr verändert. So viel ist zerstört worden. Viele Veränderungen sind zu schnell gekommen oder hätten besser gar nicht stattgefunden. Auch in Schweden ist manches unmenschlich geworden. Denken Sie an die Jugendkriminalität, an die Umweltverschmutzung und die Städte voller Autos. Es ist eben eine gespaltene Welt. In einem Teil der Erde müssen Menschen unter schrecklichen Umständen oft große Ungerechtigkeiten erleiden. Da gibt es ja Kinder, die überhaupt keine Kindheit haben, die Sklaven sind.

Die Welt von heute macht mich recht bange. Wenn ich morgens erwache, mache ich mir oft große Sorgen, wenn ich daran denke, was viele Kinder heute zu ertragen haben. Die Vorstellung, dass es Todesschwadrone gibt, die auf die Straßenkinder in Brasilien schießen, oder das traurige Los der Kinder in Ruanda, das kann mich um meinen Schlaf bringen. Die Menschen sind zu so ungeheuerlichen Dingen fähig, dass es mir oft sehr schwer fällt, noch an das Gute im Menschen zu glauben. Wer Kindern ein solches Leid antut, ist bestimmt nicht das Ebenbild Gottes. Vor mehr als zwanzig Jahren habe ich das in Versen auszudrücken versucht, und die Menschen sind seither bestimmt nicht besser geworden.

Wäre ich Gott, dann
würde ich über die Menschen weinen,
die ich geschaffen habe
nach meinem Abbild.

Ich würde weinen über
ihre Bosheit
ihre Gemeinheit
ihre Grausamkeit
ihre Dummheit
über ihre armselige Güte
über ihre hilflose Verzweiflung
und ihre Sorgen.

Und ich würde weinen
weinen über ihrer Herzen Angst
ihre Unrast
ihre Todesfurcht
und ihre öde Einsamkeit
über ihre Schicksale
über ihre erbärmlichen Schicksale
und blindes Suchen nach jemandem…
vielleicht nach mir!
Und ich würde weinen über die Todesschreie
und alles Blut, das vergebens fließt,
so vergebens
so völlig vergebens
und über den Hunger
und die Hilflosigkeit
und die Not
und all das wahnsinnige Plagen
und die einsamen Tode
und über die Gemarterten
die schreien und schreien
und immer mehr
über die Marterer.

Und dann all die Kinder,
die vielen vielen Kinder,
über die würde ich
am allermeisten weinen.

Ja, wenn ich Gott wäre,
dann würde ich viel über die Kinder weinen,
denn ich hatte mir nicht gedacht,
dass es ihn so ergehen wird.

Ströme, Ströme
würde ich weinen,
so dass sie ertränken in meiner Tränen
gewaltigen Fluten,
über all meine armen Menschen,
dass endlich Ruhe werde!

Was kann man tun, um all diesen Kindern zu helfen?

Ich bin zu alt, um durch mein Schreiben noch etwas für sie tun zu können. Sonst würde ich bestimmt etwas über Flüchtlingskinder in unserem Land verfassen. Die haben wirklich eine ziemlich schreckliche Kindheit. Sie kommen hierher und hoffen, dass sie hier bleiben und ein Zuhause finden werden. Und plötzlich schickt man sie wieder weg. Oft entsteht unter der einheimischen Bevölkerung Hass auf diese fremden Familien, die man nicht in Schweden haben will. Aber irgendwo müssen sie doch bleiben können. Und vor allem soll man sie wie Menschen behandeln. Eine Nichte von mir ist Lehrerin, sie hat versucht, sich für diese Kinder einzusetzen. Sie empfand großes Mitleid für sie und tat alles, um ihnen zu einem besseren Leben verhelfen. Doch es war vergebens, die Kinder wurden mit ihren Familien schließlich abgeschoben.

Ich würde gerne all den unglücklichen Kindern helfen können. Manchmal habe ich einen Tagtraum, der vor vielen Jahren spielt. Ich stelle mir vor, wie ein einsames Kind von Hof zu Hof wandert und keine Aufnahme findet. Da kommt es weinend und ganz verfroren zu mir. Dann erbarme ich mich seiner. Am Küchenherd erwärme ich einen Kessel mit Wasser, schütte es in einen Zuber, um das Kind darin zu baden. Schließlich ziehe ich ihm warme Kleider an, gebe ihm zu essen und bringe es zu Bett.

VON LIEBE, TOD UND STERBEN

O Herr, gib jedem seinen eignen Tod. Das Sterben, das aus jenem Leben geht, darin er Liebe hatte, Sinn und Not.

Rainer Maria Rilke

Jetzt sind sie in Nangijala

Was schreiben Ihnen Ihre ungezählten kleinen und großen Leser denn so?

Die meisten schreiben, was sie von meinen Büchern halten. Sehr häufig treffen auch Briefe von Erwachsenen ein. Manchmal sind es geradezu Lobeshymnen. Viele lassen mich wissen, ich hätte ihre Kindheit verschönert. In letzter Zeit werden es immer mehr. Man glaubt wohl, meine Tage seien gezählt, und will mir noch die letzte Ehre erweisen. Kinder erzählen, wie sehr sie die Geschichten mögen, und machen dazu Zeichnungen. Heute bekam ich zum Beispiel einen ganz langen Brief. Darin teilt mir ein kleines Mädchen mit, ihre Mutter sähe mir sehr ähnlich. Ständig würden alle Menschen zu ihr sagen: „Du siehst aber Astrid Lindgren zum Verwechseln ähnlich." Da habe ich ihr eine Fotografie von mir geschickt und geschrieben, ich hätte gerne ein Bild ihrer Mutter, um zu sehen, ob sie wirklich so wie ich aussieht.

Immer wieder wollen die Kinder von mir wissen, was Pippi gerade macht. Ob es etwas Neues von ihr gibt. Manche erkundigen sich nach dem Rezept für die Zimtwecken, die Karlsson vom Dach so gut schmecken. Oder man will herausfinden, wie sein Propeller funktioniert und eine Gebrauchsanweisung haben. Andere erkundigen sich, wie es den Figuren meiner Geschichten späterhin ergangen ist. Sie stellen mir meist keine philosophischen Fragen. Briefe über die „Brüder Löwenherz" allerdings handeln oft vom Tod. Der Tod von Kindern bewegt alle sehr.

Ist es nicht merkwürdig, dass Kinder in Konzentrationslagern kurz vor ihrem Tod Bilder mit Schmetterlingen gezeichnet haben sollen? Schon in der Antike war der Schmetterling, der aus der Puppe hervorgeht, ein Sinnbild der unsterblichen Seele, die den Körper im Tode verlässt.

Kinder, die dem Tod sehr nahe sind, mögen solche Vorstellungen haben. Es gibt schwerkranke Kinder, deren Eltern mich wissen lassen, dass mein Buch ihrem Kind geholfen hat. Eine Ärztin aus Deutschland, deren Tochter mit neun Jahren an Leukämie gestorben war, schrieb, wie viel dieses Buch ihrem Kind damals gegeben hätte. Als ihre beiden Kaninchen ums Leben kamen, sagte es getröstet: „Die sind jetzt wohl in Nangijala." So war der Verlust ihrer Tierchen kein Grund zum Traurigsein für das kleine Mädchen, denn es war fest davon überzeugt und vertraute darauf, dass das Leben weitergeht.

Eine andere deutsche Ärztin schrieb mir, sie hielte es für falsch, wenn Eltern ihrem sterbenskranken Kind etwas vormachten. Wenn sie ihm zum Beispiel sagten: „Du wirst bald gesund werden und wieder nach Hause kommen", obwohl es ihnen klar sei, dass ihr Kind sterben müsse, und auch das Kind es wüsste. Dann würde das Kind sich einsam und allein gelassen fühlen mit seinen Ängsten. Es könnte glauben, seine Eltern wollten nicht mit ihm über den Tod und das Sterben sprechen, weil diese Dinge zu schrecklich seien. Diese Ärztin hat Eltern von sterbenskranken Kindern geraten, die „Brüder Löwenherz" gemeinsam mit ihrem Kind zu lesen. Darin könnten sie Trost und Hilfe finden.

Ihr Buch hilft also Familien mit schwerkranken Kindern, für das oft unsagbare Leid eine gemeinsame Erfahrung und Sprache zu finden…

Ein Kind, dessen Eltern sich aus Angst vor der Unbegreiflichkeit des Todes vor ihm zurückzuziehen beginnen, wird sehr darunter leiden. Auch wenn Eltern noch so verzweifelt sind, sollen sie doch zuerst an ihr Kind denken. Eltern sollen den nahenden Tod ihres Kindes nicht verdrängen, sondern seine Sorgen und Leiden mit ihm teilen.

Sprechen Sie auch mit Ihren Enkelkindern über solche Dinge?

Einer meiner Enkel hatte plötzlich Angst vor dem Tod, ich konnte das spüren. Die Vorstellung, einmal in die dunkle Erde gelegt zu werden, erschreckte ihn. Da las ich ihm aus „Die Brüder Löwenherz" vor. Das hat ihn offenbar beruhigt, dann sagte er: „Wir wissen zwar nicht, wie es dann werden wird, aber vielleicht wird es ja wirklich wie in Nangijala sein."

Ich zweifle an meinen Zweifeln

Und Sie selbst, haben Sie Angst vor dem Tod?

Ich habe nichts dagegen zu sterben, aber nicht gerade heute am Dienstag, den 7. Juni. Vielleicht hätte ich nächste Woche am Freitag Zeit dafür. Es ist wohl traurig, dass von meinen Freunden einer nach dem anderen verschwunden ist. Ich telefoniere jeden Tag mit meinen beiden Schwestern. Jede wohnt an einem anderen Ort. Mit der jüngsten spreche ich morgens und mit der mittleren abends. Bisweilen beginnt das Gespräch, indem wir „Der Tod, der Tod, der Tod" sagen. Es ist beinahe wie eine Beschwörung, die zum Ausdruck bringen soll: „Noch einen Tag länger sind wir dem Tod entkommen, noch sind wir am Leben."

Ich habe gelesen, Sie hätten in jungen Jahren einmal kurz mit dem Gedanken gespielt, sich das Leben zu nehmen...

Ja, das stimmt. Mit achtzehn hatte ich eine lebensmüde Freundin. Sie versuchte mich davon überzeugen, daß es besser sei, nicht mehr weiterzuleben. Bald darauf hatte ich so etwas wie eine Todesahnung und meinte, nun würde ich meine letzten Ferien in Småland erleben. Das war wohl die Stimmung eines Backfischs, aber in Wirklichkeit hätte ich mir nie das Leben nehmen können.

Glauben Sie an Gott?

Oft zweifle ich an meinen eigenen Zweifeln. Ich pflege zu sagen, dass ich an Gott glaube, wenn ich ihn brauche. Aber dann bekomme ich jedesmal sofort ganz aufgeregte Leserbriefe. Ich bin in einem christlichen Haus aufgewachsen und hoffe, wie die meisten Menschen, dass es ein Weiterleben nach dem Tode geben wird. Dann gerät meine Hoffnung wieder ins Wanken. In einer Schilderung des Astronomen Peter Nilsson habe ich gelesen, dass ein Meteor in der Lage sei, die ganze Welt zu vernichten. Da dachte ich mir: Es wäre doch wirklich ein Jammer, wenn alle die großartigen Dinge, die Menschen geschaffen haben, spurlos verschwänden. Heute schickt man ja Botschaften in den Weltraum, damit sich auch außerhalb unseres Planeten menschliche Spuren finden. Und dann wünsche ich mir besonders, dass es immer jemanden geben wird, der die Musik von Mozart hören kann.

BULLERBÜ GEHÖRT ALLEN

Wie schön, eine Wolke zu sein, zu schweben ganz allein
am blauen Himmel hin, gibt stolzen frohen Sinn.

A. A. Milne, Pu der Bär

In vielen Ihrer Bücher beschreiben Sie Ihre eigene Kindheit, und auf der ganzen Welt finden sich Leser, die sich nach einer solchen Kindheit sehnen. Verkörpert Ihre glückliche Kinderzeit vielleicht einen universellen Traum?

Das kann wohl sein. Als ich ein Kind war, wusste ich natürlich gar nicht, dass meine wunderbare Kindheit etwas Außergewöhnliches war. Ich glaubte, das sei bei allen Kinder so. Ich machte mir nicht viele Gedanken, lebte meist von innen heraus, nach meinen plötzlichen Einfällen. Jedenfalls waren wir allesamt einmal Kinder. Ob jemand später eine Putzfrau wird oder eine Königin, zunächst ist er ein Kind. Manchmal denke ich, die Erinnerung an die Kinderzeit könnte die Menschen dazu bringen, das Gemeinsame am menschlichen Schicksal zu sehen und friedvoller zu werden.

Småländische Gestalten

Man hat über Sie gesagt, eine Schriftstellerin hätte sich keine günstigere Umgebung, kein besseres Elternhaus aussuchen können…

Ich hatte schon Glück, solche Eltern zu haben, sonst hätte ich vielleicht keine einzige Kindergeschichte schreiben können. Sie waren gute Menschen. Mutter kam aus einem sehr religiösen Haus. Sie war ziemlich streng mit uns. Mein Vater war ein liebenswerter Mensch mit einer humoristischen Ader. Er war ein begnadeter Erzähler, der herrliche Geschichten, besonders aus seiner Kindheit, zum besten gab. Sein Humor war unübertroffen.

Die Gestalten meiner Bücher sind alle småländisch – aus der Zeit, als ich selbst ein Kind war. Obwohl sie vielen Menschen ähneln, die mir begegnet sind, hat es doch keinen von ihnen wirklich gegeben. Ich kann mich noch genau an die Zeit erinnern, als ich ein kleines småländisches Mädchen war. Ja, ich spüre noch, wie ich als Kind empfunden habe. Ich rieche noch die Düfte, die ich damals aufgesogen habe.

Gibt es in Ihrer Familie noch andere Schriftsteller?

Mein Bruder, meine beiden Schwestern und ich, wir haben alle geschrieben und gedichtet. Eine meiner Schwestern hat ein Buch über die Märchendichterin Anna Maria Roos geschrieben. Mein Bruder war Politiker. Er hat politische Satiren verfasst, die sehr lustig waren. Er zeichnete ein amüsantes Bild vom Schweden Mitte der fünfziger bis Anfang der siebziger Jahre. Meine Mutter hat Gedichte verfasst, als sie jung war. In ihrer Familie gab es verschiedene Schriftsteller. Sie hatte zwei Brüder, die häufig Geschichten aufschrieben, die sich in ihrer Umgebung ereigneten. Alle gingen gerne mit dem Wort um. Und außerdem bin ich über meine Großmutter Ida Ingström mit dem populären Dichter Albert Engström verwandt. Für mich jedenfalls war die Schriftstellerei ein ausgezeichneter Beruf. Ich hätte in meinem Leben nichts anderes werden wollen.

Hat man sich in Ihrer Kindheit viele Geschichten erzählt?

Ja, mein Vater hat sehr viel erzählt oder vorgelesen. Er las aber nur aus Büchern, die er vom Pfarrer zu Weihnachten bekommen hatte, keinen anderen. Mein Vater hat sich keine Märchen oder Erzählungen ausgedacht, sondern fast alles, was er wirklich erlebt hat, in eine lustige Geschichte verwandelt. Er liebte die Situationskomik. Er konnte wunderbar beobachten. Immer wieder brachte er uns mit seinen Erzählungen zum Lachen darüber, was die Leute wieder Komisches gesagt und getan hätten. Da ging es lustig zu, das dürfen Sie mir glauben.

Erinnern Sie sich noch an Bücher, aus denen Ihr Vater vorgelesen hat?

Er hat zum Beispiel aus Knut Hamsuns „Neue Erde" vorgelesen. Knut Hamsun hat mir auch später sehr viel gegeben, nicht zuletzt durch seinen unglaublichen Witz. Es hat mich zum Beispiel sehr amüsiert, wie er ein so groteskes und lustiges Buch über den Hunger schreiben konnte. Als ich „Hunger" las, saß ich dabei einmal gerade auf einer Bank und musste mir vor lauter Lachen das Buch vors Gesicht halten, sonst hätten die Leute wohl gedacht, ich sei völlig übergeschnappt. Da findet sich auch die Stelle über J. A Happolati, den Mann, der das elektrische Psalmenbuch erfunden hat. Da wäre ich vor Lachen beinahe geplatzt. Wenn Knut Hamsun nicht das Blaue von Himmel herunter gelogen hätte über seinen Happolati, wäre aus meiner Pippi vielleicht nie eine so großartigen Lügnerin geworden. Hamsun wurde am Ende seines Lebens ja politisch verfemt, aber ich werde nie und nimmer glauben, dass er ein Nazi war.

Wie kommt der Hecht aus dem Fischkasten?

Wie ist der „Michel von Lönneberga" entstanden?

Ja, wie ist er entstanden und wie kommt der Hecht aus dem Fischkasten? Man fragt mich oft, woher meine Einfälle stammen. Dann sage ich, es sei mir selbst ein Rätsel, wie man mit so vielen verrückten Einfällen leben kann. Bei Michel von Lönneberga begann es damit, dass mein Enkel Karl Johan, Karins Sohn – für die ich mir Pippi ausgedacht hatte –, manchmal rasende Wutanfälle bekam. Er machte sich Luft, indem er zornig herumschrie. Als ich das hörte, sagte ich, in der Hoffnung ihn zu besänftigen:

„Weißt Du, was Michel von Lönneberga angestellt hat?" Da wurde er sofort mucksmäuschenstill und wollte hören, was Michel alles getan hatte. Als er wieder einen Anfall bekam, fragte ich: „Was hat Michel diesmal wohl wieder ausgefressen?" Da wurde er so neugierig, dass er zu schreien vergaß. Doch ein drittes Mal hat es nicht geklappt. Als ich wieder mit Michel anfangen wollte, schrie er wütend: „Nein, nein!" Offensichtlich wollte er sich zuerst gründlich austoben, bevor er bereit war, meiner Geschichte zuzuhören.

Ist in die Erzählungen von „Michel aus Lönneberga" auch einiges von den Geschichten Ihres Vaters eingeflossen?

Einen Teil seiner Anekdoten habe ich für meine Michel-Geschichten stibitzt. Zum Beispiel die Versteigerungen in Vimmerby, denen wir immer mit großen Erwartungen entgegensahen. Schon morgens beim Erwachen konnte man in der Ferne das Brüllen der Stiere hören. Bauern und Händler mit ihrem Vieh drängten in die kleine Stadt. Es gab darunter viele Rosstäuscher, die stets darauf aus waren, jemanden übers Ohr zu hauen.
Ich erinnere mich, dass man einem armen Bauern eine ausgediente Mähre angedreht hatte, die zuvor durch eine Prise Arsen zum Leben erweckt worden war. Als er das Tier kaufte, gebärdete es sich wie der wildeste Gaul. Wie groß war das Erstaunen des neuen Besitzers, als er das Pferd am nächsten Morgen wie eine tote Fliege im Stall liegen sah. Der Zufall wollte es, dass der neue Pferdebesitzer am nächsten Tag bei seinem Gang in die Stadt auf den Rosstäuscher stieß. Der Betrüger wollte sich rasch verdrücken, doch der Bauer stellte ihn zur Rede. Als der Viehhändler ihn nach dem Befinden des Pferdes fragte, erwiderte er: „Danke für die Nachfrage, nun kann es jeden Tag schon für eine kurze Weile aufrecht im Bett sitzen."

Stimmt es, dass der Michel Ihre Lieblingsfigur ist?

Am liebsten mochte ich meistens die Figur, an der ich gerade arbeitete. Aber ich muss gestehen, dass mit den Jahren Michel zum Favoriten geworden ist, weil er meine Kindheit am besten verkörpert. In ihm steckt, wie gesagt, sehr viel von meinem Vater. Mein Vater war so voller Lebensfreude. Er ging manchmal in die Natur und jubelte, einfach so.

Ihre Beschreibung von Bullerbü wurde über alle nationalen Schranken hinweg zum Inbild der Kindheit schlechthin...

Das kann man wohl sagen. Viele Kinder aus der ganzen Welt schreiben mir, dass sie von Bullerbü träumen. In einem Brief von einem kleinen Mädchen stand: „Sag mir, wo Bullerbü liegt. Wenn ich nicht dort sein kann, muss ich vor Sehnsucht sterben." Als Kind wusste ich, wie gesagt, gar nicht, was für eine wunderbare Kindheit ich hatte. Alles war ganz selbstverständlich. Was geschah, das geschah. Ich habe keine großen Pläne gemacht, was werden sollte. Wir wussten aber auch genau, was wir durften und was nicht. Meine Mutter hat uns das von Anfang an beigebracht. Kinder wollen, dass man ihnen Grenzen setzt. Im übrigen waren wir frei und unbeschwert und konnten auf dem wunderbaren Spielplatz in Näs herumtollen. Ich habe das schon oft wiederholt... Wir spielten immerzu, so ist es das reine Wunder, dass wir uns nicht totgespielt haben.

ZWISCHEN GEBORGENHEIT UND FREIHEIT

> Wie ich es den Menschen überall auf der Erde immer wieder sagen möchte, beginnt der Weltfrieden in einem friedvollen Herzen.
>
> *Dalai Lama*

Breit aus die weiten Schwingen

Was war das Besondere an Ihrer Kindheit?

Heute glaube ich, dass zwei Dinge unsere Kindheit zu dem gemacht haben, was sie war: Geborgenheit und Freiheit. Wir fühlten uns bei den Eltern geborgen. Sie waren für uns Kinder Vorbilder. Wir mussten gar nicht darüber nachdenken. Das war einfach so. Vielleicht waren früher überhaupt viele Dinge selbstverständlicher. Jetzt muss man über so vieles nachdenken, was früher einfach gegeben war.

Ihre Eltern Samuel August und Hanna waren sich ein Leben lang sehr zugetan...

Die Eltern haben uns Kinder spüren lassen, wie sehr sie einander mochten, und das tat uns gut. So erlebten wir früh im Leben Zärtlichkeit auf natürliche Weise. Ich entsinne mich, als beide schon über achtzig waren, da nahm mein Vater die Hand meiner Mutter und sagte zärtlich: „Meine kleine Innigstgeliebte, hier sitzen wir beide, schauen umher und haben es schön." Das Wissen darum, wie sehr sie einander zugetan waren, gab uns Vertrauen. Ich habe immer gern gesungen und auch getanzt. Meine Mutter war ein religiöser Mensch. Sie brachte uns auch das Singen bei. Jeden Abend hat sie uns versammelt. Dann haben wir meist dieses Lied von Lina Sandell-Berg gesungen (Astrid

Lindgren schließt die Augen und singt aus vollem Hals die Abendweise ihrer Kindertage):

Breit aus die weiten Schwingen
O, Jesus über mir.
Und lass mich stille werden
in Weh und Wohl bei Dir.

Werd Du mein Ruh und Stärke
mein Weisheit und mein Rat.
Lass mich all meine Tage,
leben aus Deiner Gnad.

Verzeih mir alle Sünden,
wasch mich mit Deinem Blut.
Lass heiligen Sinn mich finden,
mach meinen Willen gut.

Nimm uns in Deine Hege,
dass allen Groß und Klein,
mög friedvoll Ruhe sein.

Der Tod Ihrer Mutter muss für Ihren Vater sehr schmerzlich gewesen sein...

Mein Vater hat meine Mutter sehr, sehr geliebt. Sie war neun Jahre alt, als er damit anfing. Als meine Mutter im Jahr 1961 starb, da sah ich meinen Vater zum erstenmal weinen. Er stand am offenen Sarg, nahm ihre Hände, wie er es stets getan hatte, und sagte: „Deine lieben Hände, die ich so oft erwärmt habe.“ Dann brach er zusammen. Aber trotz allem war mein Vater auch dann voller Zuversicht. Er war felsenfest überzeugt, seine Frau Hanna einmal wiederzusehen, und sagte: „Einige gehen vorher und einige kommen nachher. Das müssen wir aushalten.“ Er war sehr traurig, weil meine Mutter gestorben war, aber es konnte ihm nicht die Lebenslust nehmen. Die letzten Worte, die er zu mir sagte, lauteten: „Du liebes Kind, solch eine Mutter hast Du gehabt.“

Zwischen Arbeit und Spiel

Neben dem Spiel sind Sie als Kind aber auch zur Arbeit angehalten worden?

Es war sicher nützlich, dass wir schon früh zu arbeiten lernten. Wir haben im Haus mitgeholfen. Wenn ich beim Spülen in Träumereien versank, sagte meine Mutter: „Mach weiter, nur nicht aufhören.“ Später habe ich diese Worte oft zu mir selbst gesagt, wenn ich mich vor einer langweiligen Arbeit drücken wollte. Auf diese Weise konnte ich, ohne zu jammern, mit jeder noch so eintönigen Arbeit fertig werden. Sogar am Morgen meiner Konfirmation musste ich noch Roggen einsammeln. Da meinte die Frau des Küsters, das ginge doch wohl ein wenig weit. Meine Arbeit als Kind hat mich abgehärtet und ausdauernd gemacht. Alle Kinder sollten wie ich sagen können: Gute Eltern, die ihr uns das richtige Maß zwischen Geborgenheit und Freiheit gegeben habt. Sie haben meine Geschwister und mich in Frieden spielen lassen. Aber sie haben uns auch Grenzen gesetzt und zur Arbeit angehalten. Das war alles sehr ausgewogen, auch wenn ich als Kind die Arbeit nicht für unbedingt nötig hielt. Aber ich finde es gut für Kinder, wenn sie lernen mitzuarbeiten.

Können Sie sich noch an die Weihnachtsfeste von damals erinnern?

Zu Hause auf Näs wurde bis zum letzten Augenblick das ganze Haus bis in die hintersten Winkel und Ecken geputzt. Ich war immer ein wenig beunruhigt, ob alles noch rechtzeitig fertig würde. Und dann erinnere ich mich an das Gefühl der Erleichterung, wenn ich am Weihnachtsmorgen in die Küche kam und alles im Glanz erstrahlte. Neue Teppiche waren aufgelegt und auch ein schönes Weihnachtstischtuch. Wir aßen beim Schein der Kerzen, zusammen mit den Mägden und Knechten – wie sie damals hießen. Und dann wartete man gespannt auf die Bescherung. Der Vater las feierlich und monoton das Weihnachtsevangelium vor. Das laute und feierliche Vorlesen zählte nicht zu seinen Stärken. Die ganze große Familie war beisammen, verschiedene Generationen, Kinder, Enkel und Urenkel. Auf der Heimfahrt vom Weihnachtsessen bei Verwandten saßen wir eng aneinandergepresst im Pferdeschlitten und haben gesungen. Unsere Feste zu Weihnachten oder Ostern haben wir als etwas ganz Besonderes empfunden. Bis vor einigen Jahren habe ich immer zum Weihnachtsessen in meiner Wohnung eingeladen. Jetzt bin ich zu alt geworden, nun müssen mich die anderen einladen.

Solche großen Familienfeste sind heute in Schweden wohl seltener geworden?

Wir hatten ja kaum irgendeine Ablenkung, kein Fernsehen oder ähnliche Dinge. Heute ist ständig etwas los, da haben diese Festtage etwas von ihrem Glanz verloren. Wir besuchten einander und feierten viele fröhliche und ausgelassene Familienfeste. Besonders lustig war es mit unseren zahllosen Kusinen und Vettern, mit denen wir herumtobten. Meine Großmutter hatte neunzehn Enkelkinder, da können Sie sich denken, was los war, wenn die alle aufeinandertrafen. Bei so einem småländischen Festschmaus haben alle, Erwachsene und Kinder, an einer Riesentafel gesessen. Sonst haben wir immer einfach gegessen, aber bei solche Feiern wurde reichlich aus Küche und Keller aufgetischt.

Seither hat sich alles unglaublich verändert. Autos gab es zwar schon, aber noch kein Radio. Wenn wir zur Großmutter kutschierten und einem Auto begegneten, hielt der Vater an. Er befürchtete wohl, das Pferd würde vor diesem Ungeheuer scheuen.

Keine Gewalt gegen Kinder

Welche Erinnerungen verbinden Sie mit Ihrer Schulzeit?

Manche Lehrer waren ungerecht. Ich kann mich erinnern, wie eine kleine Mitschülerin wegen eines Diebstahls vor der versammelten Klasse Prügel bekam. Als ich mir das ansehen musste, war ich ganz verzweifelt. Es ist schrecklich, wenn Kinder geschlagen werden. Auch heute noch gibt es so viel Gewalt gegenüber Kindern.

Bestanden damals in Ihrer Schule große Unterschiede zwischen wohlhabenden und armen Kindern?

Oh ja, natürlich. Man spürte, dass es verschiedene Schichten gab. Die Kinder in der Kleinstadt Vimmerby waren anders als die Landkinder. Dort fand ich auch meine beste Freundin Anne-Marie, die später Madita wurde. Ihr Vater war Bankdirektor. Das war wohl feiner, als einen Bauernvater zu haben. Aber mir gefiel mein Vater auch so. Kinder merkten damals ziemlich schnell, dass es verschiedene Klassen gab. Wenn wir spielten, war das nicht wichtig. Da kommt es auf ganz andere Dinge an. Ein armes Kind kann vielleicht sehr schnell laufen oder die besten Geschichten erzählen, und dann ist es bei den anderen sehr angesehen. Oft haben Kinder, gerade weil sie einen schwierigen Start ins Leben hatten, einen ausgeprägten Drang, es im Leben sehr weit zu bringen.

Sie haben sich Ihr Leben lang gerne für benachteiligte Menschen eingesetzt?

Besonders für die sogenannten kleinen Leute. Wenn ich mein Leben nochmals beginnen könnte, würde ich vielleicht eine eifrige kleine Kämpferin der Arbeiterbewegung. In meiner Jugend auf dem Lande machten wir uns nicht so große Gedanken über die Politik. Später wurde mein Bruder Gunnar Politiker, und wir diskutierten viel. Mein Interesse wurde geweckt, als ich mit den Pionieren der Arbeiterbewegung bekannt wurde. Jemand, den ich sehr bewundere, ist Rosa Luxemburg. In den letzten Jahren kämpfte ich sicher mehr für die Umwelt und den Tierschutz als die Sozialdemokraten.

ALLES HAT SEINE ZEIT

„Je langsamer, desto schneller", war die Antwort der Schildkröte Kassiopea.

Michael Ende, Momo

Meiner Kindheit blaue Wasser

Als ich ein Kind war, schienen die Sommerferien fast endlos zu sein. Heutigen Kindern verfliegt diese kostbare Zeit im Nu. Warum hat sich selbst bei Kindern das Zeitgefühl so verändert?

Wir hatten viel, viel Zeit, aber das hat sich alles verändert. Ich erinnere mich an ein sehr schönes Gedicht von Fanny Alving. Hier denkt sie daran zurück, wie intensiv sie in jungen Jahren alles empfunden hat:

Meiner Kindheit blaue Wasser
Meiner Kindheit grüne Hage
Meiner Kindheit rote Häuschen
Meiner Kindheit lange Tage.

Und dann beschreibt Fanny Alving, wie sich in ihrem späteren Leben die Eindrücke verändert haben, auch ihr Zeitempfinden:

So bleich mein Wasser
So still meine Hage
So grau mein kleines Häuschen
So kurz meine Tage.

Eine Stunde dauert immer sechzig Minuten, und doch verkürzt sich mit dem Älterwerden scheinbar die Zeit...

Warum ist das so? Sie können sich kaum vorstellen, wie es ist, wenn man so alt wird wie ich. Niemand weiß, was Zeit wirklich ist. Oft habe ich das Gefühl, etwas, das gerade gestern geschehen ist, müsste eigentlich schon vierzehn Tage zurück liegen.

Immer wenn ich über den Begriff „Zeit" nachdenke, kommen mir die Worte des Predigers Kohelet aus der Bibel in den Sinn: „Alles hat seine Stunde und seine Zeit". Sie wecken in mir ein Glücksempfinden, denn hier scheint allen Phasen des Lebens eine unsichtbare Ordnung innezuwohnen.

Es tut gut, wenn man daran glauben kann, dass alles seine Zeit hat. Besonders in traurigen Zeiten, denn dann weiß man, dass sie wieder vorbeigehen werden. Auch Glücklichsein hat seine Zeit. Wie lebten in Småland früher ganz im Rhythmus der Jahreszeiten, und waren voller Freude, wenn es Sommer wurde und die Kirschenzeit begann.

Der Kalendermacher

Kirschen hatten damals wohl einen anderen Wert als heute, wo man sie, wie viele andere Früchte, fast das ganze Jahr über kaufen kann?

Jetzt finden sich hier so viele Früchte, von denen ich in früheren Tagen kaum wusste, dass sie existierten. Man kann sich das alles jetzt zu jeder Jahreszeit kaufen, aber die Freude über die Einmaligkeit geht oft dabei verloren. Viele Menschen rasen ständig herum, von Ort zu Ort, und langweilen sich doch dabei. Mir kommt es oft vor, als sei die Zeit aus den Fugen geraten.

Ihre Pippi hatte da eine Lösung. Sie hat den Kalender zum Kalendermacher gebracht, damit er ihn wieder richtig einstellt...

...das war eine gute Idee.

Bereits kleine Kinder haben heute schon regelrechte „Terminkalender", wie Geschäftsleute. Sie werden vom Mal- zum Klavier-, zum Tanz- und schließlich zum Reitunterricht gebracht. Werden sie auf diese Weise wirklich gefördert?

Ich frage mich, wie soll sich da die kindliche Phantasie entwickeln können? Es ist doch wohl nicht lustig für ein Kind, wenn seine ganze Zeit in einem Buch festgelegt ist, wenn es ständig unter Druck steht und gesagt bekommt, jetzt musst du dies und als Nächstes jenes tun.

Oft leben Erwachsene nicht in der Gegenwart und meinen, das eigentliche Leben komme irgendwann später...

...Und dann ist es schon gekommen, und sie haben es gar nicht bemerkt.

Wir stehen an der Schwelle zu einem neuen Jahrtausend. Blicken Sie mit Zuversicht in die Zukunft?

An die zukünftige Welt möchte ich am liebsten gar nicht denken. Manchmal frage ich mich bange, wie meine Enkel und Urenkel mit dieser Welt zurechtkommen werden. Aber sie haben alle ein glückliches Zuhause. Da wird es schon gut gehen. Und man soll die Hoffnung nie aufgeben, dass plötzlich ein Wunder geschieht und die Menschen doch noch aufhören, sich gegenseitig totzuschlagen. Dann wird, wie es in der Bibel steht, ein neuer Himmel und eine neue Erde entstehen. Ich werde dann auf irgendeiner Wolke sitzen, herunterschauen und mich darüber freuen.

Ein ander Land

Es gibt „eine Zeit fürs Geborenwerden, und eine Zeit fürs Pflanzen, und eine Zeit, das Gepflanzte auszureißen", meint Kohelet. Gibt es einen Lebenskreis, in dem sich der Anfang des Lebens und das Ende einander nähern? Bestehen Ähnlichkeiten zwischen dem Alter und der Kindheit?

Hoffentlich nicht. Die Kindheit sollte doch eine ganz unbeschwerte Zeit sein. Die meisten Alten haben es so schwierig, dass ich nicht glauben kann, dass diese Zeit Ähnlichkeiten mit der Kindheit hat. Es ist nicht so wunderbar, alt zu werden. Ich denke nicht so sehr an mich selbst, wenn ich das sage, sondern an die vielen einsamen Alten, die zu Pflegefällen geworden sind.

Als Kind stand mir meine alte Großmutter sehr nahe. Sie ist für mich ein Vorbild geblieben, wie man das Altern meistern kann. Daher scheint es mir wichtig für Kinder zu erleben, dass man auch im Alter ein glücklicher Menschen bleiben kann...

Es ist für Kinder sicher wertvoll, einen liebevollen alten Menschen in ihrer Nähe zu haben. Der Erfahrungsaustausch zwischen den Generationen ist die beste Lebensschule. Früher hatten es alte Menschen nur gut, wenn sie in den Familien blieben. Schwer hatten es die Armen, die man in ein Heim steckte. Ich habe das Leben im Armenhaus in meinen Geschichten von „Michel aus Lönneberga" beschrieben. Wie es Kinder gibt, die Eltern haben, die sich nicht um sie kümmern, so gibt es viele alte Menschen, die von ihren Kindern vernachlässigt werden. So ist es eben. Und dann gibt es Dinge, die das Alter schrecklich machen können. Leider müssen viele Menschen einen schlimmen letzten Lebensabschnitt durchmachen, an Alzheimer oder anderen Krankheiten leiden. Ein Pflegefall im Altersheim zu werden, ist für mich eine wahre Schreckensvision. Ich würde um vieles lieber tot sein, als wie ein Paket herumliegen zu müssen. Wie fern scheint dann das Land der Kindheit, wie es im Gedicht „Das entschwundene Land“ von Alf Henrikson heißt:

Wo haust der Wachtelkönig jetzt,
wo zottelt das Ochsengespann,
in geduldiger Runde mit knarrendem Holz
das Korn zu dreschen?
Seidenweich lag Staub auf der Straße
unter dem Fuß des Kindes,
und noch kein Mehltau ward auf den Stachelbeeren,
lauerte noch jenseits weitgestreckter Meere.
Wo ist das verschlossene Gatter
auf der Kuppe des Hügels,
Lehmspuren vom eisenbehauenen Kutschengespann,
wo die vielen Männer im Arbeitsgewand
an des Bethauses Ecke am Abend,
das Klappern der Schlegel am eiskalten Waschsteg?
Ein anderer Land kam hervor mit milderen Wintern
und blasseren Sommern und kürzeren Wegen und Tagen,
der dichte Fichtenwald, der die Wiese der Kindheit beschattet,
wohin sich nie ein Wanderer von asphaltenen Wegen verirrt
über die Katzenpfötchen des Junis, über des Julis gemähtes Gras.
Und uralt sitzt dort der Schutzmann,
der die Raufbolde auseinandertrieb,
und belächelt seine Pickelhaube.

GELD REGIERT DIE GANZE WELT

Wie besessen legte er Säcke voll Gold und Edelsteinen am Eingang bereit, schleppte ganze Truhen herbei, Lampen, kostbare Stoffe. In seiner Gier und Besessenheit vergaß er die ganze Welt um sich, raffte und raffte.

Ali Baba und die 40 Räuber

Werden die Kinderspiele verschwinden?

Sind die Menschen mit dem Wohlstand glücklicher geworden?

Man kann das unmöglich von „den" Menschen sagen. Manche Menschen sind glücklich und andere unglücklich. Die Menschen sind eben sehr unterschiedlich. Natürlich, die Lebensbedingungen haben sich verbessert. In meiner Jugend gab es in Schweden noch sehr arme Menschen. Aber sind die Kinder heute glücklicher, nur weil die Eltern ihnen ausgeklügelte Spielsachen schenken? Oft wären sie wohl besser dran, wenn sie aus ihrer eigenen Phantasie schöpfen könnten. Manche Eltern sind zufrieden, wenn ihre Kinder vor dem Fernseher sitzen und sie in Ruhe lassen. Sie glauben, dann haben sie genug für ihr Kind getan. Oft aber langweilen sich gerade Kinder, die zuviel Spielzeug besitzen. Viele Eltern verstehen leider nicht, dass ihr Kind glücklicher wäre, wenn es mehr aus seiner eigenen Vorstellungskraft schöpfen könnte.

Und die Videospiele?

Dadurch wird den Kindern viel genommen. Die Bilder und Geschichten, die sich die Kinder selbst ausdenken, sind viel schöner als alles, was sie am Bildschirm erleben können. Ich glaube, es schadet den Kindern nur, wenn sie immerzu dasitzen, statt sich eigene Spiele auszudenken. Das stumpft sicher ab. Die

Wahrheit ist, dass die Geschäftsleute mit all den Videospielen viel Geld auf Kosten der Kinder machen. Für mich war früher das Lesen das allergrößte Abenteuer.

Der amerikanische Soziologe Neil Postman äußert in seinem Buch „Das Verschwinden der Kindheit" die Befürchtung, dass Kinderspiele wie Sackhüpfen, Verstecken oder Blindekuh bald ganz aussterben würden...

Das wäre schrecklich. Wenn ich zurückdenke, wie wir spielen konnten, auf den Dachböden und den Wiesen! Ich habe davon viel in meinen Geschichten erzählt. Oft haben wir Erzählungen aus Büchern nachgespielt. Ein beliebtes Spiel war „Nicht auf den Fußboden treten". Man musste durch das ganze Zimmer klettern, durfte aber nie den Fußboden berühren, nicht einmal mit der kleinen Zehe. Und dann spielten wir noch „Kickse-kicksehu", bei dem wir wild durchs Haus rannten. Ich kann die vielen ausgelassenen Spiele kaum aufzählen, die uns ständig in den Sinn kamen, und kann mir auch nicht vorstellen, dass Kinder jemals aufhören werden, neue auszuhecken.

Geld interessiert mich nicht

„Nach Golde drängt, am Golde hängt doch alles". Dieser Spruch aus Goethes „Faust" scheint sich mehr denn je zu bewahrheiten. Alles dreht sich nur noch um Geld. Sie aber haben sich nie viel aus dem Geldverdienen gemacht.

Nein, aufrichtig gesagt, mir hat nie etwas daran gelegen, ein Vermögen anzuhäufen. Ich finde Geld uninteressant. Heute kommt es zu mir, ob ich will oder nicht, wie von selbst, ohne dass ich mich darum besonders bemühe. Meistens verschenke ich es gleich wieder. Im nächsten Augenblick ist schon vergessen, dass ich es weggeben habe. Es bieten sich ja so viele Gelegenheiten zu helfen, alle mögliche Dinge kann man tun, sei es für die Kinder, sei es für die Tiere. Niemand zwingt einen, Geld zu behalten. Und ich hänge überhaupt nicht daran. Meine Sekretärin kümmert sich um meine Buchrechte, und sie ist eine gute Verwalterin. Ich kann dem Verleger doch nicht sagen: „Nein, ich habe keine Lust, noch mehr zu verdienen."

Und Sie wollten wohl auch niemals Pippi, Karlsson oder Michel vermarkten wie Disney-Figuren...

Wenn ich da nachgegeben hätte, was für ein Elend wäre das geworden. Die Kinder werden ohnehin schon genügend ausgenützt. Es gibt ein Pippi-Puzzle und ein Pippi-Handtuch. Da beides von guter Qualität ist, habe ich nichts dagegen. Nachdem Pippi in Film und Fernsehen gezeigt wurde, habe ich viele sehr merkwürdige Angebote bekommen. Ich war gezwungen, mich ständig mit meinem Anwalt zu beraten, bis ich die Nase wirklich voll hatte. Wie habe ich darum kämpfen müssen, um unbehelligt von diesem Rummel meine Bücher schreiben zu können. Die Versuchung, Geld zu verdienen, lässt mich wirklich kalt.

Das erinnert mich an die Geschichte von einem kleinen Jungen, dem jemand ein Geldstück geben wollte und der das Geschenk mit den Worten ablehnte: „Danke, ich brauche es nicht, ich besitze bereits ein Geldstück."

Ja, das ist schön. So etwas sollten auch Erwachsene sagen können: „Ich besitze bereits genug Geld und will nicht noch mehr haben." Statt dessen arbeiten sie wie wahnsinnig, um immer mehr zu ergattern. Ob sie so auch innerlich „reicher" werden? Ich glaube es kaum. Die Leute aber können nur mehr an Geld denken und an nichts anderes. Sie sind in das Geld richtig verliebt, ihr Herz klebt daran. Menschlich aber werden sie oft ärmer. Das ist schon tragisch.

Dazu kommt dann noch der Neid. Die Werbung nutzt das ja weidlich aus. Kinder sollen haben wollen, was sie bei anderen sehen.

Ja, das ist wohl der allerdümmste Grund, um sich immer mehr zu kaufen. Auf diese Weise wird man nie zufrieden. Ständig finden sich neue Anlässe, andere zu beneiden und nachzuahmen. Irgend jemand ist immer schöner als ich, reicher als ich, klüger als ich. Sich immer mit anderen zu vergleichen, das macht den Menschen nicht glücklich. An so etwas haben wir zu Hause natürlich nie gedacht. Alle mussten hart arbeiten, um zu überleben.

Michel von Lönneberga hat ein gesundes Verhältnis zum Geld. Er verdient sich etwas, kauft dafür Sachen und verkauft sie wieder…

Ja, er sagt ja auch, als ihm sein Vater verbieten will, sich von seinem selbstverdienten Geld Limonade zu kaufen: „Wenn ich kein Geld habe, dann kann ich keine Limonade trinken, und wenn ich Geld habe, dann darf ich keine Limonade trinken. Wann um Himmelswillen soll ich dann Limonade trinken?“ Es hat aber auch merkwürdige Kritiker gegeben, die meinten, mein Michel von Lönneberga sei ein waschechter Kapitalist.

PIPPI HAT MACHT UND MISSBRAUCHT SIE NICHT

„Und die Sterne gehorchen Euch?“ „Gewiss“, sagte der König. „Sie gehorchen aufs Wort. Ich dulde keinen Ungehorsam.“ Solche Macht verwunderte den kleinen Prinzen sehr. Wenn er sie selbst gehabt hätte, wäre es ihm möglich gewesen, nicht dreiundvierzig, sondern zweiundsiebzig oder sogar hundert oder selbst zweihundert Sonnenuntergängen an ein und demselben Tag beizuwohnen, ohne dass er seinen Sessel hätte rücken müssen.

Antoine de Saint-Exupéry, Der Kleine Prinz

Wovon Kinder träumen

Pippi, das rothaarige Mädchen mit den verschiedenen Strümpfen, einem geringelten und einem einfarbigen, lebt allein mit seinem Affen Herrn Nilsson in der Villa Kunterbunt. Dieser kleine Übermensch, der so stark ist, dass er ein Pferd hochheben kann, hat die Welt erobert. Die Geschichte ist in unzählige Sprachen, selbst seltene Dialekte übersetzt und verfilmt worden. Wie ist diese Gestalt entstanden?

Es hat alles mit einem Namen begonnen. Ich glaube, es war im Jahr 1941, da sagte meine Tochter Karin: „Erzähl mir von Pippi Langstrumpf“. Sie hatte den Namen im selben Augenblick erfunden. Ich habe nicht gefragt: „Wer ist diese Pippi Langstrumpf?“, sondern fing auf der Stelle an, von einem Mädchen zu erzählen, zu dem dieser ungewöhnliche Name passte. Dieses Mädchen beflügelte sofort meine Phantasie und ich ließ Pippi von Anfang an sehr stark, außerordentlich stark werden. Sie wurde die Stärkste in der Welt. Als Karins Schulkameradinnen zu Besuch kamen, weil sie mit einer Lungenentzündung krank im Bett lag, wollten sie nichts anderes als Geschichten von Pippi hören.

Ich wunderte mich zunächst, warum die kleinen Mädchen ausgerechnet von dieser Gestalt so angezogen waren. Es lag sicher daran, dass hier nicht ein Junge, wie gewöhnlich, sondern ein Mädchen so mächtig war. Das war es, was meine Tochter und ihre Freundinnen faszinierte. Und das gefällt wohl den Kindern auf der ganzen Welt an Pippi. Später haben mir viele erwachsene Frauen erzählt, dass Pippi für sie als Kind das Seltsamste war, was sie je gehört hatten, nur weil sie so stark war. Bei Bertrand Russell hatte ich gelesen, dass sich die kindlichen Wunschträume von denen der Erwachsenen ziemlich unterscheiden. Die Erwachsenen haben Sexualträume, die Kinder träumen, mächtig zu sein. Pippi kann tun, was ihr gerade in den Sinn kommt.

Sehr viele Menschen, die Macht haben, erliegen der Versuchung, sie zu missbrauchen. Das gerade tut Pippi nicht. Sie ist stark, aber auch lieb.

Genau das wollte ich wohl zeigen, dass man lieb sein kann, auch wenn man übermächtig stark ist. Pippi hätte auch etwas Böses tun können, aber gerade das wollte sie nicht. Sie ist ein Beispiel dafür, dass man Macht haben kann, ohne sie zu missbrauchen.

Man könnte sagen, dass Sie in die Weltliteratur im wahrsten Sinn des Wortes hineingestolpert sind…

Also, diese Geschichte… Es war an einem Märztag im Jahr 1944. Ich war abends zum Vasaparken unterwegs, hier gleich gegenüber. Da ist es passiert. Ich bin auf dem vereisten Gehsteig ausgerutscht und habe mir den Fuß verstaucht. Nun musste ich für einige Zeit ruhig im Bett liegen, und ich begann die Geschichten von Pippi zu stenografieren. Noch bis vor kurzem habe ich meine Einfälle so aufgeschrieben, immer morgens. Weil meine Tochter im Mai zehn Jahre alt wurde, kam mir der Gedanke, ihr die Pippi-Erzählungen zum Geburtstag zu schenken. Den Durchschlag schickte ich an einen Verlag. Die Pippi-Geschichten waren damals noch recht gewagt, und so schrieb ich im Begleitbrief: „…in der Hoffnung, dass Sie nicht die Jugendfürsorge alarmieren." Genau wie erwartet, erhielt ich das Manuskript zurück.

Nachts klingelte das Telefon

Aber in der Zwischenzeit hatten Sie ein weiteres Buch geschrieben...

Ja, „Britt-Mari erleichtert ihr Herz". Ich hatte es bei einem Wettbewerb für Mädchenbücher beim Verlag Rabén & Sjögren eingereicht. Ich erinnere mich noch ganz genau. Spät am Abend klingelte das Telefon. Es war der Verleger, der mir mitteilte, ich hätte den zweiten Preis gewonnen. Das hätte ich mir nie vorstellen können. Nur mein Sohn Lars war noch wach. Meine Tochter und mein Mann schliefen bereits. Ich rannte zu meinem Sohn und fing an, wild herumzutanzen. Er starrte mich an und konnte überhaupt nicht verstehen, was los war. Als er dann die gute Nachricht hörte, hüpfte auch er vor Freude durchs Zimmer.

Die schwedische Kinderbuchbibliothekarin Elsa Olenius, die später meine Freundin wurde, war Mitglied im Rabén-Komitee, das die Bücher auswählte. Sie hat mir erzählt, der Verleger habe beim Öffnen des Manuskriptpakets zuerst gesagt: „Hoffentlich ist es eine richtige Autorin." Dann habe er geseufzt: „Nein, es ist nur eine ganz gewöhnliche Hausfrau. Schade." Im folgenden Jahr beteiligte ich mich erneut bei Rabén an einem Kinderbuch-Wettbewerb. Dafür hatte ich das Manuskript von Pippi etwas umgeschrieben – und bekam den ersten Preis.

Wenn Sie dieses Buch heute nochmals schrieben, würden Sie etwas ändern?

Im Rückblick meine ich, dass Pippi auch eine Menge Blödsinn von sich gibt, den ich besser nicht geschrieben hätte. Auch würde ich ihren Vater heute natürlich nicht zum „Negerkönig" machen. Als ich den ersten Preis für das Pippi-Buch gewonnen hatte, sagte ich zu meiner Tochter Karin, die ja auf den Namen gekommen war, wir sollten uns den Preis teilen. Da schaute sie mich ernst an und sagte mit strenger Stimme: „Bitte, sei so gut und ziehe mich nicht in Deine albernen Geschichten hinein."

Am Anfang gab es in Schweden wohl auch Stimmen, die sich über die unerzogene Pippi schockiert zeigten...

Die gab es wohl. Zunächst aber waren doch viele begeistert von Pippi. Da meldeten sich kaum Kritiker zu Wort. Man traute sich nicht, daran etwas auszusetzen. Erst nach einem Jahr stürzte sich Professor John Landquist in einem großen Artikel auf mein Pippi-Buch. Jetzt krochen noch andere aus den Löchern heraus und trauten sich zu sagen, wie schrecklich dieses Buch doch sei. Es hieß, die Autorin sei unbegabt und unkultiviert, Pippi eine abnorme und krankhafte Gestalt. Man regte sich darüber auf, dass Pippi beim Kaffeeklatsch eine ganze Sahnetorte verschlingt. Später hat John Landquist seine Ansichten geändert und wir sind gute Freunde geworden.

Ein gutes Kinderbuch muss gut sein

Über Ihre Figuren wie Pippi, Michel oder Karlsson ist oft gemutmaßt worden, was Sie wohl damit gemeint haben könnten?

Diese Deutungen sind mir alle völlig egal. Ich schreibe, was mir Spaß macht. Einzig das Kind, das ich selbst einmal gewesen bin, inspiriert mich zu meinen Geschichten. Und wenn's den Kindern auf der ganzen Welt gefällt, dann kann ich wohl beruhigt sein. Sollen die Kritiker schreiben, was sie wollen. Schon oft habe ich gesagt, dass ein gutes Kinderbuch einfach gut sein soll. Und ob es so ist, das merkt man beim Lesen.

Sie waren viele Jahre bei Rabén für die Kinderbuchabteilung verantwortlich...

Ja, und ich war auch meine eigene Sekretärin, dem Verlag ging es am Anfang nicht so gut. Zunächst wusste ich auch wenig über die Arbeit mit Büchern, aber ich konnte spüren, wenn ein Buch gut war. Es gelang mir sogleich, ein paar richtig gute Manuskripte zu bekommen. Später kam Marianne Eriksson in meine Abteilung und wir haben gut zusammengearbeitet. Heute ist Rabén der führende Kinderbuchverlag in Schweden, bei dem ich alle meine Bücher herausbringe.

Warum sind Sie erst mit Ende dreißig eine „richtige Autorin" geworden?

In der Schule sagten sie manchmal zu mir: „Du wirst wohl die Selma Lagerlöf von Vimmerby." Ich dachte bei mir, das werde ich bestimmt nie versuchen. Selma Lagerlöf habe ich sehr bewundert und konnte mir nicht vorstellen, so etwas wie „Nils Holgerssons wunderbare Reise" zustande zu bringen. Dieser Vergleich mit Selma Lagerlöf hat mich bange gemacht und mir den Mut genommen.

Als ich später richtig zu schreiben anfing, wusste ich genau, welche Bücher ich als Kind gerne gelesen hätte. Ich schreibe meine Bücher für mich selbst, für die kleine Astrid von einst, für das Kind, das ich einmal war. Ich liege auf meinem Bett und schreibe und schreibe, denke an nichts anderes und schreibe die ganze Zeit. Ich bin dann wie versunken in meine eigene Welt. Dann schreibe ich meist jedes Kapitel acht bis zehnmal um, so lange, bis es mir wirklich gefällt. Ich bin natürlich froh, wenn es auch anderen Freude macht.

Astrid schreibt nur für Astrid

Ihre Leserschaft ist so groß, dass man sie nur mehr ungefähr schätzen kann. Vielleicht sind es mehr als hundert Millionen – und doch haben Sie alles für sich selbst geschrieben?

Ich schreibe meine Bücher für niemanden anders, nicht einmal um den Kindern zu gefallen. Die Literaturkritiker, die mich deuten wollen, gehen mit ihren Analysen zu weit, auch wenn sie manchmal Dinge finden, von denen man als Autorin selbst nichts gewusst hat. Beim Schreiben fließt ja auch manches ein, was aus dem Unbewussten kommt.

Wenn Sie von Ihren Büchern erzählen, dann denkt man unwillkürlich an das Kuchenbacken. Man nehme eine Prise Phantasie, eine Prise Erinnerung, eine Prise Umgebung...

Ich weiß selbst nicht so genau, wie es vor sich geht, bis ein Buch oder eine Geschichte fertig ist...

Wie ist der schöne, grundgescheite und gerade richtig dicke „Karlsson vom Dach" mit seinem eingebauten Propeller entstanden?

Ich schrieb eine Serie für das Radio. Sie handelte von einem Mann, der einen kleinen lustige Knaben als Freund hatte, der sehr nett zu ihm war. Später wollte ich ein Buch daraus machen. Als ich dann anfing, weigerte sich Karlsson, weiterhin dieser nette Kerl zu sein. Er wollte etwas anderes sein, ein ungehorsames und sehr freches Kind. Karlsson wurde nun einmal so, wie er ist. Sicher mögen die Kinder einen frechen Karlsson lieber. Auf den Namen bin ich durch einen Schuster gekommen, zu dem ich als kleines Mädchen für mein Leben gern die Schuhe zur Reparatur gebrachte hatte. An der Wand bei ihm hingen zwei schauerliche Farbdrucke. Auf dem einen sah man Jona mit dem gewaltigen Fisch, auf dem anderen eine grauenhafte Riesenschlange.

Der Mann hieß „Karlsson vom Fass". Der Rhythmus dieses Namens klang noch in mir.

Warum wurde „Karlsson vom Dach" in Russland ein solcher Erfolg?

Die Geschichte ist zu einer Zeit entstanden, als der stalinistische Kommunismus noch nachwirkte. Da ging es dort besonders streng zu, auch für die Kleinen. Ich kann mir denken, dass sie sich bei all dem Zwang, dem sie ausgesetzt waren, über Karlsson mit seinem Schabernack freuten. Der durfte tun, was ihm gerade in den Sinn kam.

Nicht unter allen kommunistischen Regimes aber waren Ihre Bücher willkommen. In der DDR ist eine Lehrerin entlassen worden, weil sie den Schülern aus Pippi vorlas…

Davon habe ich gehört. Aber das ist schon sehr lange her. Heute kann man in ganz Deutschland ungestraft aus meinen Büchern vorlesen.

Und der Meisterdetektiv Kalle Blomquist?

Da habe ich mich in meine Kinderzeit zurückversetzt. Ich habe oft mit Buben gespielt. Und die kleine Stadt war das Vimmerby in unserer Nachbarschaft. Das Ambiente war also da und der Wunsch, eine Detektivgeschichte zu schreiben, und plötzlich waren auch die Kinder Eva-Lotta, Anders und Kalle da.

Der einsame Mio saß auf einer Bank

Für viele Ihrer Leser ist „Mio, mein Mio" zum Lieblingsbuch geworden. Man hat mir gesagt, dass letzten Sonntag ein Pfarrer hier in Stockholm aus Ihrem Buch in seiner Predigt zitiert habe. Darin geht es auch um den ewigen Kampf zwischen Gut und Böse.

Ich sah einen kleinen Jungen hier ganz in der Nähe im Tegnérpark auf einer Bank sitzen. Ich mochte ihn gleich und wusste, das wird mein Mio, ein armes Pflegekind, das in einer Straße ganz in der Nähe wohnt. Seine Pflegeeltern sind hässlich zu ihm, weder der Vater noch die Mutter mögen ihn leiden. Sein Freund Benka hat dagegen einen wunderbaren Vater und lebt in einer sehr glücklichen Familie. Da träumt Mio davon, dass er in eine andere Welt reisen könnte. Und das tut er auch. Im Land in der Ferne findet er seinen richtigen Vater, der dort König ist. Dann besiegt er für seinen Vater den bösen Ritter Kato und befreit dadurch die vielen verwunschenen Kinder. Wie im Märchen sind dunkel und hell, schwarz und weiß voneinander getrennt.

Wie entstanden die „Brüder Löwenherz"?

Als ich zu schreiben begann, kamen verschieden Bilder zusammen. Ich habe die Gewohnheit, mich auf Friedhöfen zu ergehen. Hier auf dem Nordfriedhof und zu Hause in Vimmerby. Dabei lese ich die Namen auf den Grabsteinen und mache mir Gedanken über die vielen Menschen, die hier liegen. In Vimmerby habe ich ein Grab mit einem Kreuz entdeckt, auf dem stand geschrieben: „Hier ruhen die beiden Brüder Fahlén, gestorben im zarten Alter 1860". Und in Stockholm habe ich das Grab der Brüder Bernström gesehen, die auch beide als Kleinkinder verstorben sind. Ich habe viel über diese Brüdergräber nachgedacht. Da wusste ich, daraus wird eine Geschichte über den Tod und die Geschwisterliebe. Und immer mehr nahmen Jonathan und Krümel Gestalt an.

Dann kam noch eine andere Begebenheit dazu. Bei einer Pressekonferenz stellte man den kleinen Janne Olsson vor, der für die Titelrolle im Film „Michel aus Lönneberga" ausgewählt worden war. Der Arme musste auf einem Podest stehen und die vielen, vielen Fragen beantworten. Er war sehr tüchtig und gab ganz kluge Antworten. Als es vorbei war, schlich er sich davon und kroch auf den Schoß seines großen Bruders. Und der große Bruder beugte sich herunter und küsste ihn auf die Wangen. Da war mir plötzlich klar, so sind meine beiden Brüder Löwenherz. Das ist die Bruderliebe, um die es in meiner Erzählung gehen soll. Ich wusste aber noch nicht ganz genau, wie das Drumherum sein würde. Eines Morgens fuhr ich mit dem Zug an dem langen Fryken-See in Värmland vorbei. Die Sonne ging gerade auf und die Natur war von einer überirdischen, friedvollen Schönheit. So entstand Nangijala.

Haben Sie noch andere Entdeckungen bei Ihren Spaziergängen über die Friedhöfe gemacht?

Mit Elsa Olenius, meiner guten Freundin, bin ich oft über den Nordfriedhof hier gegangen. Damit Sie sehen, was für ein Kindskopf ich bin – jedesmal spielten wir zusammen ein Spiel mit den Namen auf den Grabsteinen. Das ging so: Abwechselnd sollte jede von uns die Person auf dem jeweils siebten Grabstein spielen. Elsa bekam immer die feinen, adligen Namen und ich die ganz einfachen... Das haben wir jahrein, jahraus gespielt.

Die meisten Ihrer Bücher sind von Ilon Wikland illustriert worden. Was gefällt Ihnen an dieser Zeichnerin so gut?

Ich kann Ihnen nicht genau erklären, was mich an ihren Bildern anzieht. Aber sie haben etwas ganz Besonderes, das auch Kindern gut gefällt. Als ich vor vierzig Jahren „Mio, mein Mio" herausbrachte, ist meine bisherige Illustratorin Ingrid Vang Nyman nach Dänemark zurückgekehrt. Damals hat mir jemand diese junge Ilon Wikland empfohlen. Sie las mein Manuskript und machte Probezeichnungen, die mir auf Anhieb gefielen.

Ein Bauernkind entdeckt die Bücher

Bei Ihnen zu Hause gab es neben der Bibel nur wenige Bücher. Wie haben Sie als Kind, das auf einem Bauernhof aufwuchs, Ihre große Liebe zu Büchern entdeckt?

Die Tochter unseres Kuhknechts, Edit, ging bereits in die Schule. Sie muss wohl eine Bibliothek gefunden haben, aus der sie Bücher auslieh. So konnte sie mir das Märchen vom Riesen Bam-Bam und der Fee Viribunda und Geschichten aus „Tausendundeine Nacht" vorlesen. Ach, diese kleine Edit, welch ein Glück für mich, dass es sie gab! Sie hat meine Kinderseele ins Schwingen versetzt, und das ist bis heute nicht ganz abgeklungen. Mit Edit habe ich auch entdeckt, wie wunderbar Buchstaben sind. Durch sie lernte ich das Lesen.

Sie haben in Ihrem Leben sehr viel gelesen. Können Sie sich an Bücher erinnern, die Sie besonders beeindruckt haben?

Tolstoi und andere Russen habe ich wie eine Wilde verschlungen. Auch Gorki hat mich stark beeindruckt. Als Kind las ich Elsa Beskows „Hänschen im Blaubeerwald" und Helena Nyblom, das waren große Erlebnisse. Im übrigen hat mir die Lyrik besonders viel bedeutet. Sie ist der Gipfel der Literatur. Der russische Lyriker Ossip Mandelstam zum Beispiel, der seine Gedichte, echte Juwelen, nur an Freunde und Bekannte verschickte. Als Mitglied der „Gruppe der Neun" bin ich auch mit der modernen schwedischen Literatur vertraut geworden. Wenn ich den amerikanischen Schriftsteller Isaac Bashevis Singer lese, der 1978 den Nobelpreis erhielt, dann bekomme ich richtig Lust, durch eine polnisch-jüdische Stadt zu schlendern.

Lesen Sie heute noch viel?

Leider kann ich überhaupt nicht mehr lesen. Man liest mir vor, aber nicht so viel, wie ich es gerne hätte. Ich bekomme ständig so fürchterlich viele Bücher. Alle könnte niemand lesen, das wäre völlig unmöglich.

> Der Mensch ist das einzige Geschöpf, das konsumiert, ohne zu produzieren. Er gibt keine Milch, er legt keine Eier, er ist zu schwach, den Pflug zu ziehen, er läuft nicht schnell genug, um Kaninchen zu fangen. Und doch ist er Herr über alle Tiere.
>
> *George Orwell, Farm der Tiere*

Auch Politiker brauchen ein Mindestmaß an Vernunft

Sie melden sich auch in der Politik zu Wort, wenn Sie sich über Ungerechtigkeiten ärgern. Man sagt, Sie hätten 1976 mit Ihrem Märchen „Pomperipossa" zum Sturz der sozialdemokratischen Regierung beigetragen...

Das kann stimmen. Nur wird alles, was ich sage, immer so groß aufgeblasen. Am liebsten möchte ich mich nicht einmischen. Aber wenn die Dinge unerträglich werden, geht es nicht anders. Damals hatte man ein idiotisches Steuergesetz erlassen. Viele Menschen in Schweden waren ganz verzweifelt und wussten mit ihren großen Steuerlasten weder ein noch aus. Da entschloss ich mich, meine „Pomperipossa in Monismanien" zu schreiben. Das hatte zur Folge, dass sich der Ministerpräsident Olof Palme bereits einen Tag nach der Veröffentlichung direkt an mich wandte und beteuerte: „Wir wollten das Steuersystem ohnehin ändern. Da brauchst du dir keine unnötigen Sorgen zu machen. Es ist ja alles schon geplant." Doch es geschah nichts.

Ich zahle gerne Steuern, aber 102 Prozent, wie man es 1976 von mir verlangte, nein danke – so viele Prozente gibt es ja überhaupt nicht. Deshalb schrieb ich mit dem Pomperipossa-Märchen gegen den übermächtigen Staat. Ein Mindestmaß an Vernunft muss es auch in der Politik geben. Ich fand, das geht doch zu weit. Der damalige sozialdemokratische Finanzminister Gunnar Sträng meinte, ich solle bei meinen echten, unpolitischen Märchen bleiben, von denen ich etwas verstünde. Da erwiderte ich ihm, dass wir unsere Berufe tauschen sollten, weil er so gut Märchen erzählen und ich besser rechnen kann als er. Er war mir damals böse, aber ich hoffe, er hat mir inzwischen im Himmel verziehen.

Mit dem Politiker Bert Carlsson aber haben Sie einmal großen Krach gehabt über die Rechte der Tiere?

Ich habe keinen Streit mit ihm begonnen, sondern er mit mir. Er sagte über mich: „Diese alte Tante ist lebensgefährlich." Das ist diese Tante meiner Meinung nach nicht. Bert Carlsson ist viel lebensgefährlicher, weil er meinte, meine Forderung, das Leben der Tiere zu erleichtern, würde die gesamte schwedische Landwirtschaft zerstören.

Die liebeskranke Kuh

Wie kam es dazu, dass Sie in der Tierschutzdebatte das Wort ergriffen haben?

Ich hatte einen Artikel in unserer größten Tageszeitung „Dagens Nyheter" über eine liebeskranke Kuh geschrieben. Da ich selbst einmal ein Bauernmädchen war, kann ich Kühe gut verstehen. Das war nicht so ganz ernst gemeint. Ich schrieb, dass mir die Kühe leid tun, weil sie niemals in Freiheit auf unseren schönen Sommerwiesen herumlaufen und sich dort satt fressen dürfen. Heute müssen diese armen Tiere immer in ihren Ställen eingesperrt bleiben. Sie kommen nie zu einem Stier, sondern zum Inseminator und werden künstlich befruchtet. Und wenn sie ein Kalb bekommen, dann nehmen es ihnen die Menschen augenblicklich weg. Das las die junge Veterinärin Kristina Forslund und wandte sich mit folgender Bitte an mich: „Könnten Sie mir nicht helfen, die Menschen wachzurütteln, damit endlich etwas für die armen Tiere getan wird, die durch die Massenviehhaltung so viel zu leiden haben." So taten wir uns zusammen. Sie lieferte mir alle Informationen über die genauen Umstände, unter denen man die Tiere zusammenpfercht. Also fing ich an, Beiträge im „Expressen" zu veröffentlichen. Ich schrieb fiktive Interviews mit Tieren, in denen sie mir von ihrer Misere erzählen. Die ganzen Geschichten sind später in einem Büchlein mit dem Titel „Meine Kuh will auch Spaß haben" erschienen.

Worüber haben Sie sich mit den Tieren in Ihren Gesprächen denn unterhalten?

In einer Legebatterie zum Beispiel mit der Henne Lovis, die fast federlos war. Ich sagte ihr, sie sähe richtig häßlich aus und wollte von ihr wissen, ob man mit solchen verunstalteten Klauen überhaupt herumlaufen könne. Sie erwiderte: „Das kann ich nicht. Und es spielt auch keine Rolle in dem winzigen Käfig, in dem ich leben muss." Als nächstes besuchte ich Augusta, die Sau. Sie war bitterböse auf den Menschen, der zehn Zentimeter von ihrem Verhau weggenommen hatte. Ich sagte zu ihr, wegen zehn Zentimetern brauche sie doch nicht so einen Aufstand zu machen. Sie erwiderte: „Spart man in den Gemächern des Landwirtschaftsministeriums zehn Zentimeter ein, juckt das niemanden. Die Leute dort haben so viel Platz, dass sie allesamt Polka tanzen könnten." So wurde ich von der Sau Augusta belehrt, dass zehn Zentimeter, die für Menschen kaum der Rede wert sind, für eine bedrängte Sau sehr viel bedeuten.

Der liebe Gott kommt auf den Schlachthof

Und dann haben Sie in einem Artikel von einem Inspektionsbesuch Gottes auf Erden geträumt...

In dem Traum ist der liebe Gott auf die Erde gekommen, um zu sehen, wie die Menschen die Tiere behandeln. Er erinnerte sich noch daran, wie schön er einst alles geschaffen hatte und dass am letzten Schöpfungstag die Menschen von ihm auserkoren worden waren, um über die Tiere zu herrschen. Erst jetzt hatte der Vielbeschäftigte Zeit gefunden, sich nach dem Wohlergehen der Tiere zu erkundigen, und er meinte, er würde nur zufriedene Antworten hören. Da zeigte ich dem lieben Gott eine Schweineschlachterei, in der man versucht, möglichst viele Schweine im Eiltempo umzubringen. Als der liebe Gott sah, wie die verängstigten Schweine zum Schlachten getrieben wurden, wie sehr sie litten, bis sie zu Tode kamen, wollte er die Maschinerie anhalten lassen und rief: „Halt, stopp, aufhören, diese Tiere leiden!“ Der Allmächtige entsetzte sich darüber, welche Schwachköpfe und Bösewichte er zu Herrschern über die Schöpfung auserkoren hatte und verlangte den Verantwortlichen für diese skandalösen Zustände zu sprechen.

In meinem Traum verschwand der liebe Gott dann plötzlich, und an seiner Stelle stand unser Landwirtschaftsminister Mats Hellström. Jetzt konnte ich ihn so sprechen lassen, wie es mir gefiel. Da sagte er zum Beispiel: „Künftig dürfen keine Tiere mehr auf Lebenszeit eingesperrt werden. Hinaus mit ihnen in Gottes freie Natur!”, und: „Ich werde alles tun, was in meiner Macht steht, damit die schwedische Landwirtschaft wieder gesund wird.“

Wahrscheinlich sind Sie der einzige Mensch auf der Welt, der ein Tierschutzgesetz von einem Ministerpräsidenten zum 80. Geburtstag geschenkt bekommen hat...

Es war sehr nett von Ministerpräsident Ingvar Carlsson, dass er mir dieses Gesetz geschenkt hat. Als ich 80 Jahre alt wurde, kam er zu mir, um es mir zu erklären.

Eine Kampagne gegen Leserbriefe

Sie gelten in Schweden als eine der wichtigsten Meinungsmacherinnen. Das hatte sich ja wieder bei Ihrer Tierkampagne gezeigt. Wie empfinden Sie es, solch eine berühmte Person zu sein?

Manchmal denke ich, dass diese Astrid Lindgren ein wenig albern wird. Jetzt muss Schluss sein mit dem Rummel um meine Person. Sicher bin ich froh, dass viele mich ins Herz geschlossen haben, aber der Rest kümmert mich wenig. Diese vielen Einladungen werden mir zu viel, und ich kann nicht immer nein sagen. Vielleicht sollte ich jetzt eine Kampagne starten, dass die Menschen nicht mehr so viele Briefe an mich schreiben. Doch ich habe auch große Sympathie für die Menschen, vielleicht nicht für alle, aber für viele. Es kann sein, dass die Menschen das spüren.

Manchmal ist es nicht leicht, berühmt zu sein. Wenn ich hier im Vasaparken spazieren gehe, dann kann so viel Sympathie lästig werden. Zum Beispiel kam heute ein ungefähr fünfzehnjähriges Mädchen auf mich zu. Sie war nicht das, was ich ein angenehmes Kind nenne, sondern ziemlich aufdringlich. Sie sagte: „Oh, wir kennen uns doch. Ich habe Sie schon einmal getroffen und mit Ihnen gesprochen." Und dann begann sie ohne Punkt und Komma zu reden. Da sehnte ich mich danach, allein zu sein. Dann ging ich ein paar hundert Meter weiter und traf auf einen Mann, der rief: „Oh, wir kennen uns." Das war peinlich, denn ich merkte, dass ich diesen Mann eigentlich sehr gut kennen sollte, aber seinen Namen vergessen hatte.

Nach solchen Erlebnissen kehre ich gerne in meine vier Wände zurück.

Können Sie gut allein sein?

Das kann ich gut, obwohl ich keine Eigenbrötlerin bin. Ich bin ja auch daran gewöhnt, denn ich wurde schon mit fünfzig Jahren Witwe. Ich wollte mich nie wieder verheiraten. Viele Menschen, die ihren Partner verlieren, sind dann für den Rest ihres Lebens unglücklich. Ich kann sehr gut allein sein.

Ich tanzte einen Sommer

Es gibt immer wieder Gerüchte, dass Sie den Nobelpreis bekommen sollen…

Den Nobelpreis würde ich nicht überleben. Auch Nelly Sachs ist daran gestorben. Aber das ist Gott sei Dank nicht aktuell. Allein der Gedanke ist mir schrecklich. Schon jetzt werde ich von so vielen Journalisten verfolgt. Ich kann mir lebhaft vorstellen, wie es ist, wenn sich die gesamte Weltpresse auf mich stürzt. Die mir noch verbleibende Zeit möchte ich zu etwas anderem nützen.

Woran arbeiten Sie zur Zeit?

Es hat mit Pippi begonnen, vielleicht wird es mit Pippi enden. Aus den Pippi-Geschichten wird ein Trickfilm mit sechsundzwanzig Folgen gemacht. Ich schreibe die Dialoge selber, denn ich möchte, dass es ein wirklich guter Film wird, mit einer richtigen Pippi. Dann kann ich mich hinlegen und sagen: „Jetzt bin ich fertig!"

Macht Ihnen das Alter zu schaffen?

Niemand bleibt von den Malaisen des Alters ganz verschont. Auch nicht die legendären joghurtessenden Steinalten im Kaukasus. Pippi wusste schon, warum sie Pillen gegen das Erwachsenwerden genommen hat. Stellen Sie sich vor, wir alle würden so alt werden, dann wäre die Erde bald total übervölkert. Man muss Raum für die kommende Generation machen. Ich für meinen Teil überlasse meinen Platz gerne einer Jüngeren. Ich kenne eine Frau, die an ihrem hundertfünften Geburtstag, nach dem die Gratulanten wieder gegangen waren, ermüdet die Treppe zu ihrem Schlafzimmer hinaufstieg, um sich etwas von den Anstrengungen auszuruhen. Dabei hörte man sie seufzen und murmeln: „Ja, ja, man merkt schon, dass man nicht mehr hundert ist." Wenn ich auf mein Leben zurückblicke, kommen mir einige Zeilen aus Karlfeldts „Der Sommertanz" in den Sinn:

Ich tanzte einen Sommer
es war ein schöner Sommer
niemals tanzte man wieder
an diesen Plätzen wie einst.

Man spielte auf den Abend lang
weit über Höfe und Scheunen es klang
wir gingen lange Wege
in Paaren, zwei und zwei.

Ich tanzte einen Sommer
es war mein einziger Sommer
gar bald war ich dann alt
und schon war alles vorbei.

III. Ein Mädchen aus Småland – Das Leben der Astrid Lindgren

Eine ungewöhnliche Liebesgeschichte

Astrid Anna Emilia erblickte am 14. November 1907, als zweites Kind von Samuel August und Hanna Eriksson, im småländischen Näs bei Vimmerby das Licht der Welt. Ihre Eltern waren einander ein Leben lang innig zugetan. Diese ungewöhnlich glückliche Ehe hat Astrid Lindgren von Anfang an geprägt. Zu dieser Zeit pflegten Zärtlichkeiten und Liebesbezeugungen unter bäuerlichen Eheleuten vor anderen wenig üblich zu sein. In den Großfamilien wurden die Ehepartner meist von den Eltern ausgewählt. Bei Astrids Eltern war das anders gewesen. Ihre Liebesgeschichte begann im Gemeindehaus von Perlane, wo die Kinder aus dem ganzen Kirchensprengel Unterricht erhielten. Dort sah der dreizehnjährige Samuel August die neunjährige Hanna aus Hult zum ersten Mal bewusst während der Repetitionsprüfung. Hanna besuchte, wie damals üblich, jeden zweiten Tag die Volksschule von Pelarne. Sie war die Beste ihrer Klasse und sang auch im Kirchenchor.

Das hübsche Mädchen mit den Stirnfransen war die jüngste Tochter des Kirchenältesten Jonas Petter Jonsson (1832-1910) aus Pelarnehult und seiner Frau Lovisa Persdotter (1842-1932). Lovisa war bekannt für ihre Umsicht und Güte, besonders gegenüber den Armen. Die starke, selbstbewusste und intelligente Frau war dazu eine geschickte und in der ganzen Gegend gefragte Hebamme. Ihre Kenntnisse in der Kräuterheilkunde hat sie später an ihre Tochter Hanna weitergegeben.

Jonas Petter und Lovisa, die fromme Leute waren, lasen häufig in der Bibel und gingen jeden Sonntag zur Kirche. Im streng evangelisch-lutherischen Schweden jener Zeit war der Kirchgang sogar vorgeschrieben. Nur wenn ein Hof sehr weit entfernt vom Gebetshaus lag, wurden Ausnahmen bewilligt. Dann brauchte nur einer der Hofbewohner beim Gottesdienst anwesend zu sein. Sonntags zu verreisen galt nicht als Entschuldigungsgrund. Während des Hochamtes wurden sogar die Landstraßen mit Schranken verriegelt, damit sich auch ja niemand aus dem Staube machen konnte. So streng waren damals Sitten und Gebräuche.

Die Erikssons, eine Bauerngeschlecht

Astrids Vater, Samuel August Ericsson, war der dritte Sohn von Samuel Johan August Eriksson (1845-1926) und Ida Ingström (1851-1929). Astrids Urgroßvater väterlicherseits hieß Erik Samuelson (1807-1869), sein Sohn ändert dann aber den Namen – wie es in den Bauerngeschlechern häufig vorkam –, indem er dem väterlichen Vornamen die Endung „sson“ anhängte; daraus wurde später dann „Eriksson“. Samuel August änderte ihn ein weiteres Mal und machte aus dem k ein c. Viele Schweden hatten damals den gleichen Namen. Um sich voneinander besser zu unterscheiden, gab man auch den Vornamen des Vaters an. Eriksson bedeutet also „der Sohn vom Erik“. Noch in den sechziger Jahren des 20. Jahrhunderts trugen zwei Drittel der Schweden Namen wie Karlsson, Nilsson, Eriksson oder Svensson, die auf ihren bäuerlichen Ursprung hinweisen.

Der älteste Bruder von Samuel Johan August war, wie viele Verwandte, nach Amerika ausgewandert. Samuel August, Astrids Vater, arbeitete zunächst auf dem väterlichen Hof in Sevedstorp. Die kleine Landwirtschaft reichte jedoch nicht aus, um die ganze Familie zu ernähren. So verdingte er sich mit achtzehn Jahren, für den geringen Lohn von sechzig Kronen im Jahr, bei seinem Onkel mütterlicherseits, Per Otto, in Vennebjörke.

Die freie Zeit, die ihm im Winter blieb, während der Landwirtschaftsbetrieb ruhte, nutzte er für den Besuch der Volkshochschule in Södra Vi, um sich weiterzubilden. Seine ganze Buchweisheit stammte aus jener Zeit. Die Volkshochschulen in Schweden entstanden im 19. Jahrhundert nach dem Vorbild des dänischen Pastors und Volkserziehers N. F. S. Grundtvig. Grundtvigs Idee einer freiwilligen Jugendschule, die mehr auf Lebenskunde als auf Wissensvermittlung ausgerichtet sein sollte, bildete einen Meilenstein in der Geschichte der Pädagogik und fand in ganz Skandinavien großen Anklang. Noch heute gibt es im Norden über 200 Bildungsinstitute nach grundtvigianischen Ideen.

Neue Pächter für Näs

Und dann kam mit dem denkwürdigen August 1894 ein Wendepunkt im Leben der Familie Eriksson. Der junge Samuel August hatte seiner Familie einen wichtigen Vorschlag zu unterbreiten und machte sich nach vollbrachtem Tagwerk sogleich auf den zwanzig Kilometer langen Fußmarsch nach Sevedstorp. Es wurde Mitternacht, bis er sein Ziel endlich erreichte. Trotz der späten Stunde traf er seine Mutter Ida noch bei der Arbeit an. Sie schrubbte kniend den Küchenboden. So konnte ihr Samuel August sogleich von seinem Plan berichten. Sein Onkel Per Otto habe ihm erzählt, der Pfarrhof von Näs sei zu pachten, und der Onkel sei der Meinung, die Familie Eriksson von Sevedstorp sollte sich beim Probst Blidberg als Pächter bewerben. Die Eltern zögerten zunächst, doch es gelang ihrem Sohn, sie davon zu überzeugen, dass es ihnen allen auf einem eigenen Hof viel besser ergehen würde.

So wandte sich Ida Eriksson an ihren Vater Anders Petter Ingström, der mit seiner Frau Sofia Margareta Lindner elf Kinder hatte. Weil Anders Petter sein Leben lang hart gearbeitet hatte und sparsam war, brachte es zu einem für damalige Verhältnisse ansehnlichen Vermögen. Seine Habe verteilte er unter seinen

Kindern. Die Tochter Ida bekam 4.000 Reichstaler. Das reichte für die Pacht von Näs mit dem Vieh und der gesamten Gerätschaft. Doch es galt noch ein weiteres Hindernis zu überwinden. Viele andere Bauern bewarben sich ebenfalls um Näs. Samuel Eriksson schien nicht gerade der geeignetste Bewerber zu sein, stand er doch im Ruf, ein etwas zu weicher und zu gutmütiger Mensch zu sein.

Doch ausgerechnet Hannas Vater, der ja Kirchenältester war, legte ein Wort für ihn ein. Und so kam es, dass am 30. April 1895 die Familie Eriksson mit ihrem Hab und Gut, auf zwei Ochsenkarren verstaut, in das rote Pächterhaus nach Näs einzog. Die alte Sitte, Häuser mit der auffallenden roten Farbe zu streichen, geht auf den Anfang des 18. Jahrhunderts zurück. Man gewinnt sie aus Schwefelkies, einem Abfall der ehemaligen Kupfergrube von Falun. Frisch gestrichen, leuchtet die Farbe in hellem klarem Rot, bis sie über die Jahre schließlich die Tönung von Ochsenblut annimmt.

Pfarrhofpächter zu sein, gab den Erikssons einen neuen Status. Und man hatte auch die Gewissheit, in den wirtschaftlich schwierigen Zeiten vor der Hungersnot geschützt zu sein. „Unser nächster Nachbar und auch unsere Obrigkeit war der Pfarrer, und in seinem schönen, weißen Pfarrhaus waren wir oft und guckten uns dort ein bißchen ab, wie man sich in besseren Häusern benimmt“[11], sollte Astrid später schreiben.

Der Pfarrer musste sich auch darum kümmern, dass alle Gemeindemitglieder seines Kirchspiels möglichst viele Einzelheiten des christlichen Glaubens kannten. Um diese Kenntnisse zu überprüfen, fuhr der geistliche Herr auf die vielen abgelegenen Bauernhöfe. Dort unterzog er seine Schäfchen, eines nach dem anderen, dem Einzelverhör. Weitum fürchteten die Leute diese Begegnungen mit der geistlichen Obrigkeit. Eine Magd auf Näs, die bei einem der häuslichen Katechismusverhöre die Feiertage des Kirchenjahres aufzählen sollte, sagte in ihrer Verwirrung: „Weihnachten und Ostern und der Vimmerbymarkt.“ Und eine andere Magd antwortete auf die Frage nach den biblischen Ureltern mit „Thor und Freya“.[12]

Frieden, Impfung, Kartoffel

Nach der Flurbereinigung von 1827 hatten sich zahlreiche alte Dorfgemeinschaften aufgelöst und die Bauern waren auf die ihnen zugeteilten Landstücke gezogen. Das Land gab nun zwar den dreifachen Ertrag her, aber der Zusammenhalt der alten Dorfgemeinschaften fand ein Ende. Die vielen Landarbeiter außerhalb der Dörfer hatten das Nachsehen, weil sie kein Land zugeteilt bekamen. Wer eine Kate, ein Häuschen sein Eigen nannte, konnte sich während der Erntezeit als Tagelöhner bei den Bauern verdingen. In den Dorfversammlungen war er aber nicht zugelassen. Kaum ein Bauernsohn, der etwas auf sich hielt, bewarb sich um eine Kätnertochter.

Seit der Mitte des 18. Jahrhunderts war die Bevölkerung Schwedens rasch angewachsen und hatte sich bis 1850 verdoppelt. Die Landwirtschaft konnte all die Menschen kaum mehr ernähren. Den großen Bevölkerungszuwachs hat der Dichter Esaias Tegnér auf drei Ursachen zurückgeführt: „Frieden, Impfung, Kartoffel". Er meinte, die Bevölkerungsliste verwandle sich immer mehr in eine Armenliste. Die Abstufung nach unten reichte bis hin zu den rechtlosen Einliegern, die als Gelegenheitsarbeiter meist ziemlich schlecht dran waren. Auch dem Onkel von Samuel August erschien die Emigration in die Vereinigten Staaten als einziger Ausweg. Die Auswanderer hofften, jenseits des Ozeans eine Art Schlaraffenland vorzufinden.[13]

Zwischen 1840 und 1930 sind rund 1,3 Millionen Schweden in die USA ausgewandert, allein im „Rekordjahr" 1887 waren es 46.900. Für die Jungen wurde Amerika zum Land der Träume und Möglichkeiten, für die Alten, die zurück blieben, wurde Schweden fast zum Land der Ausweglosigkeit. Die vorwiegend schwedischen Ansiedlungen im Mittleren Westen der Vereinigten Staaten erinnern in mancher Hinsicht noch heute an die alte Heimat. In ihrem „Michel aus Lönneberga" erzählte Astrid Lindgren später, ihr Held habe ständig so viel Unfug getrieben, bis die Gemeinde von Lönneberga Geld sammelte, damit die geplagte Mutter Michel nach Amerika schicken konnte.

„Aber Michels Mutter wurde furchtbar wütend und schleuderte das Geld aus dem Fenster, so dass es über ganz Lönneberga flog.“[14]

Mit oder ohne Tee

Zu den Aufgaben der neuen Pächter auf Näs gehörte es, den Pfarrer im ganzen Sprengel herumzukutschieren. Diese Pflicht übernahm Samuel August nur zu gerne. Auf diese Weise bot sich ihm die Möglichkeit, dann und wann seine angebetete Hanna zu sehen. Die hatte allerdings so viele Bewerber, dass er sie nicht anzusprechen wagte. Im Herbst 1902 bot sich dem schüchternen Verliebten dann doch eine Gelegenheit. Gemeinsam waren die jungen Leute in Gebo zu einer Hochzeitsfeier geladen worden, auf der sie sich ausgiebig miteinander unterhalten konnten. Hanna versprach Samuel August sogar, ein Monogramm für seinen Hut zu sticken. Der ließ wieder einige Zeit verstreichen, bis er es endlich wagte, sich mit einem Kärtchen bei Hanna nach der versprochenen Stickerei zu erkundigen. Zu seiner großen Freude erhielt er eine Antwort.

Im Jahr 1903 ging Hanna für einige Zeit nach Vimmerby. Sie wollte dort ihre Webkünste bei einer bekannten Weberin vervollkommnen. Da traf sie ganz zufällig mit Samuel August zusammen. Der lud sie bald öfters zum Tee ein, danach unternahm man längere Spaziergänge. Später sollte sich herausstellen, dass keiner der beiden dieses Getränk leiden konnte. Sie hatten den Tee nur getrunken, um aufeinander einen möglichst guten Eindruck zu machen. Mit oder ohne Tee – Samuel August war nun fest entschlossen, um Hannas Hand anzuhalten, aber er fand noch immer nicht die rechten Worte.

Erst am allerletzten Abend, kurz bevor Hanna Vimmerby wieder verlassen wollte, löste sich seine Zunge. Es war der 1. April, und es schneite in dichten Flocken, als er seine Angebetete fragte: „Glaubst du, dass du und ich glücklich zusammen leben könnten?“ Die fromme Hanna gab ihm zur Antwort: „Das liegt nicht nur in unserer Macht." Einen besseren Bescheid erhielt er nicht, auch in ihren Briefen ließ sie Samuel August weiterhin im Unklaren. Hanna war der Meinung, man müsste sich erst noch besser kennenlernen. Viel Muße zum Briefeschreiben hatten die jungen Leute allerdings nicht, denn beide mussten bei sich zu Hause fleißig mitarbeiten.

Schließlich wurde dann am 30. Juni 1905 doch Hochzeit gefeiert. Aber die frischgebackene Braut konne nicht gleich zu ihrem Ehemann ziehen. Sie musste nach der Hochzeitsfeier auf Hult noch gut zwei Wochen mithelfen, die viele angefallene Wäsche zu waschen und das Haus zu putzen. Danach konnte Samuel August seine sehnsüchtig erwartete Frau endlich nach Näs holen, ins alte, schon im 18. Jahrhundert erbaute rote Pfarrhaus mit den weißen Fensterumrandungen und Hausecken, von Apfelbäumen umgeben. An diesem Ort sollten Samuel August von Sevedstorp und Hanna in Hult viele glückliche Jahre beschieden sein. Erst im Jahr 1920 baute Samuel August dann das größere weiße Haus für seine Familie, das zum Teil Modell für die Villa Kunterbunt wurde. Astrid Lindgren: „Auf der Veranda ließ ich später Pippi Langstrumpf ihr Pferd unterstellen. Und in der Küche ließ ich Pippi ihre Pfannkuchen backen."[15]

Samuel August übernahm die Pacht vom Vater, war sparsam und machte gute Geschäfte. Er gründete eine Genossenschaftsmolkerei und Zuchtvereine für Stiere wie für Hengste. Astrid erinnerte sich an ihn als einen glücklichen und frohen Menschen, von dem Wärme und Sicherheit ausstrahlten. Wenn etwas in Unordnung geriet, wusste er es wieder in Ordnung zu bringen. Er staunte sein ganzes Leben darüber, dass er mit seiner geliebten Hanna leben durfte. Dem Paar wurden neben Astrid noch drei Kinder geschenkt: 1906 ihr Erstgeborener Gunnar, 1911 Stina und 1916 Ingegerd, das Nesthäkchen. Immer wieder betonte Astrid später, wie schön es gewesen sei, ein Kind von Samuel August und von Hanna zu sein. Beide Eltern hatten ein ausgesprochenes Erzähltalent, und ihre vier Kinder haben später alle geschrieben. Gunnar, der danach als dritter Ericsson Näs pachtete, wurde Reichtagsabgeordneter und verfasste geistreiche politische Satiren unter dem Pseudonym „Gunnar von Lidesrende". Stina war als Übersetzerin tätig, Ingegerd wurde Journalistin und schrieb eine Biographie über die Schriftstellerin Anna Maria Roos.

Samuel August zeigte sich darüber oft verwundert: „Ich habe doch sonderbare Kinder bekommen, alle beschäftigen sich mit dem Wort. Wie ist das nur in einer einzigen Familie zusammengekommen?"[16] In ihrer Kindheit wurden sowohl um den Küchentisch am Abend als auch während der Arbeit viele Geschichten zum besten gegeben. Astrid Lindgren erzählte sich bis in ihre letzten Jahre noch hin und wieder selbst Kindergeschichten und meinte, sie sei wahrscheinlich der „kindischste Mensch" auf der Welt.

Es gehört zu den Merkwürdigkeiten der Literaturgeschichte, dass im roten Haus von Näs vor Astrid noch eine andere Schriftstellerin aufgewachsen war: die Pastorentochter Constanze Hultin, die in einem etwas romantischen und moralisierenden Stil schrieb. Sie verfasste unter anderem Kindergeschichten und Schilderungen aus Vimmerby und wurde von der später noch erwähnten Ellen Key sehr geschätzt.[17]

Die Herrschaft der Frauen

Astrids Mutter war eine tüchtige und selbstbewusste Hausfrau. Sie war eine gute Schülerin gewesen und hatte davon geträumt, Lehrerin zu werden. Aber Mutter Lovisa war dagegen. Für das fromme Mädchen war der Wille Gottes und der Wille der Eltern wie ein Gesetz, dem man sich zu fügen hatte. Also führte sie mit fester Hand ihren Haushalt. Bei Tisch saßen selten weniger als zehn Personen. Hanna verfügte über eine unermüdliche Arbeitskraft, konnte weben, nähen, Brot backen, Hühner hegen, Schweine schlachten. Auch wenn sie bisweilen unter Zahnweh litt oder Fieber hatte, hörte niemand auf dem Hof sie jemals klagen.

Unter Astrid Lindgrens Vorfahren hat meist der weibliche Teil dominiert. So war Großmutter Ida, Samuel Augusts Mutter, tüchtig und tatkräftig, der Großvater milde und sanftmütig. Ida war eine Respektsperson. Ihren großen Haushalt hatte sie fest im Griff. Sie war eine intelligente Frau, mit ausgeprägter Willenskraft, und konnte bisweilen recht eigenwillig werden. In Astrids Wesen fanden sich danach einige dieser Züge ihrer Vorfahrinnen wieder. In Schweden sind starke weibliche Persönlichkeiten allerdings keine Seltenheit. Vielleicht ist es kein Zufall, dass mit der heiligen Brigitta (1303-1373) eine Frau die erste schwedische Persönlichkeit mit internationalem Rang in der Geschichte war.[18]

Im bäuerlichen Schweden arbeiteten die Frauen an der Seite ihrer Männer und teilten die gesamte Verantwortung mit ihnen. Bei der Bauernschaft waren die Frauen ebenso wichtig wie die Männer, sie hatten ihren Platz im Leben, wenn auch noch nicht im politischen Leben, wie sich Astrid später erinnerte: „Ich hatte nie die Vorstellung, dass ich es schwerer hätte, auch wenn sich die Männer immer wieder in den Vordergrund geschoben haben. Sie hatten für lange Zeit das Sagen, und uns Frauen war es kaum gestattet, eine eigene Meinung zu haben. Als ich aufwuchs, durften Frauen auch nicht wählen. Nun sind die Frauen endlich stark im Kommen."[19]

Die Arbeit wurde im fließenden Rhythmus zwischen den Ehepartnern sowie zwischen Eltern und Kindern aufgeteilt. Alva Myrdal, die bekannte schwedische Politikerin und Sozialpädagogin, die 1970 den Friedenspreis des Deutschen Buchhandels erhielt, schreibt dazu: „Die Familie war einmal der natürliche Lebensraum für den Mann wie für die Frau. Beide hatten an der Erziehung der Kinder teil; jeder erlebte die Sorgen und Erfolge des anderen, und alle zusammen trugen ihren angemessenen Teil an der gemeinsamen Arbeitslast, wenn auch diese Teile je nach Kraft und Fähigkeiten der einzelnen Familienmitglieder unterschiedlich waren. Wahrscheinlich gingen sehr große kulturelle Werte verloren, als diese Art von Gemeinsamkeit aufhörte."[20] Nach dem Gesetz aber war auch in Schweden der Ehemann Vormund seiner Frau, die er finanziell und rechtlich vertrat. Erst

1920 wurde die Ehefrau durch ein neues Ehegesetz wirtschaftlich ihrem Mann gleichgestellt.[21]

Eine heile Welt

Astrid Lindgren wuchs in der Geborgenheit der småländischen Welt auf, in der jeder seinen festen Platz hatte und wo sich das Leben durch die Abfolge der Jahreszeiten wie in einem festgelegten Plan ordnete. Die beiden Grundpfeiler ihrer Kindheit waren Geborgenheit und Freiheit, wie sie selbst immer wieder betont hat. Die Ungebrochenheit der bäuerlichen Menschen am Anfang des 20. Jahrhunderts mag in heutigen Ohren fast nach einem Märchen klingen. Die Sehnsucht nach einer heilen, überschaubaren Welt, wie sie die Menschen in unserer krisengeschüttelten und orientierungslosen Zeit weltweit in ihren Herzen tragen, erklärt vielleicht auch Astrid Lindgrens internationalen Erfolg.

Die Erziehung von Gunnar, Astrid, Stina und Ingegerd lag ganz in der Hand von Mutter Hanna. Ihre vier Wildfänge gehorchten ihr meist aufs erste Wort. Sie war ein Mensch, dem man nicht leicht näher kommen konnte. Die Kinder durften Hanna nicht umarmen, Astrid ist nur einmal von der Mutter in den Arm genommen worden. Die Ericsson-Kinder kannten ihre Grenzen; in dieser Hinsicht wurden sie streng und bestimmt erzogen. Gleichzeitig konnten sie freilich nach Herzenslust spielen und sich austoben, ohne durch ständiges Genörgel oder Geschimpfe der Großen dabei gestört zu werden, wie sich Astrid erinnerte. Es wurden keine unmäßigen Anforderungen an die Kinder gestellt. So brauchte man auch nicht immer zur Zeit zum Essen zu kommen: „Kam man zu spät zu den Mahlzeiten, musste man sich selbst etwas aus der Speisekammer holen, ohne Vorhaltungen."[22] Die Kinder mussten auch nicht alles essen, was auf den Tisch kam. Mochten sie etwas überhaupt nicht, machten sie sich statt dessen Butterbrote. Bekam ihre Kleidung bei den wilden Spielen Löcher oder Risse oder strotzten sie vor Schmutz, gab es doch keine Schelte. Aber die Kinder wurden, wie es bei Bauernfamilien üblich war, auch zur Arbeit herangezogen. Schon die Kleinen halfen beim Rübenverziehen und beim Ausreißen der Brennesseln für das Hühnerfutter. Die Größeren gingen bei der Ernte zur Hand. Am Samstagabend wurden die Kinder in einem Zuber im Waschhaus gebadet.

Eine große Zäsur

Als „Backfisch" verlor Astrid etwas von ihrer Ungebrochenheit und durchlief eine Reifungskrise. Es kam ein Sommer, in dem sie merkte, dass sie nicht mehr völlig unbefangen spielen konnte. „Es ging einfach nicht. Es war entsetzlich. Und traurig. Und ich glaube, das haben alle Kinder in diesem Alter erlebt. Ich kann euch nur sagen: Verzweifelt nicht am Leben! Denn das geht vorbei. Diese traurige Zeit nimmt ein Ende. Und alles wird wieder gut."[23]

Das Ende der Kindheit ist eine große Zäsur in jedem Leben. In ihrem Buch „Pippi Langstrumpf" reißen sich weder Thomas und Annika noch Pippi darum, erwachsen zu werden. Pippi findet, dass es die Großen niemals lustig haben: „Sie haben nur einen Haufen langweilige Arbeit und komische Kleider und Hühneraugen und Kumminalsteuern." Und das kleine rothaarige Mädchen, niemals um einen Einfall verlegen, beschließt, Pillen gegen das Erwachsenwerden zu nehmen.

Auch einem anderen literarischen Jahrhundert-Kind, dem „Kleinen Prinzen", bleibt – auf eine etwas sentimentalere Weise – der Zugang zur Erwachsenenwelt verwehrt. „Hier auf Erden ist der kleine Prinz erschienen und wieder verschwunden", schreibt Antoine de Saint-Exupéry. „Wenn ... ein Kind auf euch zukommt, wenn es lacht, wenn es goldenes Haar hat, wenn es nicht antwortet, so man es fragt, dann werdet ihr wohl erraten, wer es ist. Dann seid so gut und lasst mich nicht weiter so traurig sein: schreibt mir schnell, wenn er wieder da ist."[24] Die Welt der Kleinen und die Welt der Großen scheinen weit auseinander zu liegen. Astrid Lindgren hat diese beiden Reiche in ihrem Werk wie kaum jemand einander näher gebracht.

Halb Lisa, halb Pippi

Ihre Geschichten handeln häufig von Kindern, die ihre aggressiven Gefühle in einem sicheren Rahmen ausleben dürfen. Die Eltern, die in den Geschichten vorkommen, sind oft geradezu Idealeltern mit einem großen Verständnis für kindliche Wünsche und Nöte. Margareta Strömstedt, die wohl die beste Biographie über Astrid Lindgren geschrieben hat, weist aber mit Recht darauf hin, dass sich Astrid selbst ihren Eltern gegenüber wohl nicht so problemlos ausleben konnte, wie es den Anschein hat.

Auf Näs verlief das Leben selbstverständlich auch nicht immer ganz harmonisch. „Ich erinnere mich, dass ich mich ein einziges Mal gegen meine Mutter erhoben habe. Damals war ich noch ganz klein, im Alter von etwa drei, vier Jahren. Da war ich der Meinung, dass meine Mutter wirklich dumm sei, und beschloss, mich auf das Klohäuschen zurückzuziehen. Ich blieb wohl nicht so lange fort, aber als ich zurückkam, hatten meine Geschwister in der Zwischenzeit Karamellbonbons geschenkt bekommen. Ich fand das ungerecht und wurde so wütend, dass ich nach meiner Mutter trat. Aber da wurde ich ganz schnell aus dem Zimmer geführt und bekam eine Tracht Prügel“[25], erinnerte sich Astrid. In der Geschichte „Pelle zieht aus“ spiegelt sich dieses Erlebnis wieder. „Damit wollte ich nur endlich mein fünfjähriges Ich trösten, das bestimmt noch irgendwo in all den Jahresringen der Seele versteckt ist.“[26] Auch der kleine Pelle wandert schmollend auf das Häuschen mit dem Herzenfenster aus, weil er sich über seine Familie ärgert und genug von ihr hat. Als er wieder aus seinem freiwilligen „Exil“ zurückkehrt, begegnen ihm seinen Eltern mit Zartgefühl und Verständnis.[27]

Margareta Strömstedt meint, es gäbe einen Widerspruch zwischen Astrid Lindgrens eigener, auch autoritär gesteuerten Kindheit – mit „Zucht und Gottesfurcht“ –, die sie selbst als freie, durch und durch glückliche Zeit erinnert, und ihren psychologisch realistischen Kinderschilderungen, in denen sie immer Partei für die Kinder gegen jede Autorität ergreift. Diese Polarität spiegele sich besonders in der wohlangepassten Lisa der Bullerbü-Geschichten und der revoltierenden Pippi Langstrumpf wieder. „Die Lisa in Bullerbü ist ebenso wie Pippi Langstrumpf nur ein halbes Selbstporträt. Der Wechsel von Anpassung und Revolte geht durch Lindgrens gesamtes Werk hindurch. Vielleicht kann man sagen, dass sie erst mit Michel von Lönneberga ein Kind schuf, bei dem sich die phantasievolle Revolte in die Wirklichkeit einfügt. Michel ist aus diesem Grund die Figur, die Astrid am nächsten steht.“[28]

Der Vater Samuel August strahlte Autorität aus, ohne seinen Kindern Angst einzuflößen. Er war ein Mensch mit einer weiten Spannbreite: naiv und zugleich scharfsinnig; gutmütig, ohne nachgiebig zu werden; großzügig, aber geschäftstüchtig. Vor allem war er ein großartiger Erzähler. Er stand eine Stunde früher auf, um ein Buch von Hamsun zu lesen. Astrid verehrte ihren Vater. Mit Schrecken erinnerte sie sich daran, wie der geliebte Vater mit einem geplatzten Blinddarm ins Krankenhaus von Västervik eingeliefert wurde und nur knapp mit dem Leben davon kam. Da legte sich für einige Wochen ein dunkler Schatten auf die helle und geborgene Welt ihrer Kindertage.[29]

Dem Vater hat Astrid ihr Leben lang sehr nahe gestanden. Ihre Freundin Elsa Olenius schilderte die beiden in den sechziger Jahren: „Und dann ist sie die beste Freundin ihres 91jährigen Vaters. Man muss hören, wie sie sich in reinstem småländischen Dialekt – zärtlich und kameradschaftlich – mit ihm über das, was ihn interessiert, unterhält. Er ist selbst ein Erzähler mit gutem Gedächtnis gewesen … und Astrid Lindgren hat viel Material für ihre Bücher von ihm erhalten.“[30] Als Vater Samuel August seinen siebzigsten Geburtstag feierte, sollte er zum ersten Mal in seinem Leben eine Flasche Wein kaufen. Selbst Mutter Hanna, die niemals mit Alkohol in Berührung gekommen war, meinte: „Es ist ja richtig lustig, ein bisschen beschwipst zu sein.“

Sie teilten Freude und Leid

Die Ericsson-Kinder wuchsen in einer Großfamilie auf, zusammen mit dem Gesinde. Viele Begebenheiten jener Zeit finden sich in den Erzählungen von Astrid Lindgren wieder. Die Knechte und Mägde konnten meist keine eigenen Familien gründen und lebten mit der Bauernfamilie. „Sie teilten Freud und Leid mit der Familie und kamen wohl gar nicht auf den Gedanken, sich ein anderes oder besseres Los zu wünschen als Knechte und Mägde sonst."[31] Damals gab es auch noch die sogenannten Instleute, die an einen Gutshof gebunden waren und dort Gelegenheitsarbeiten verrichteten.

Langeweile stellte sich bei einer solchen Lebensweise kaum ein. Davon sollten erst die Menschen in der Konsumgesellschaft befallen werden. In der freien Zeit besuchte man Verwandte, fuhr auf den Markt nach Vimmerby, bekam in Näs Besuch von Kindern aus der Nachbarschaft. Es kam auch vor, dass Landstreicher auf den Heuböden übernachteten, und das war immer ein Abenteuer für die Kinder. Und dann gab es die „Kaffeeweibsen", über die man raunte, sie hätten vor lauter Kaffeetrinken ihren Verstand verloren, und auch eine „Jungfer Untugendsam", die viele Kinder bekam. Astrid Lindgren hat über ihre Kindertage einige Essays verfasst, die 1977 auf deutsch unter dem Titel „Das entschwundene Land" erschienen sind. Das Büchlein, das von ihrer einfühlsamen Erzählkunst zeugt, wurde erstaunlicherweise nur wenig beachtet.

Im Jahr 1914 hielt auch auf Näs die moderne Zeit ihren Einzug, eine Stromleitung wurde gelegt. Im gleichen Jahr wurde Astrid in die Schule geschickt. Über die Geschehnisse des Ersten Weltkrieges informierte man sich im Lokalblatt, der „Wimmerby Tidning", um sie dann im Familienkreis zu besprechen. Die düsteren Ereignisse der Weltpolitik blieben fernes dunkles Grollen, die glückliche Kinderzeit in Näs wurde dadurch kaum berührt. Die einzige Entbehrung, die die Kinder zu spüren bekamen, war, dass sie keinen Kakao mehr trinken konnten, erinnerte sich Astrid Lindgren. Aber trotzdem hat das phantasievolle Mädchen immer wieder über den Krieg nachgegrübelt. Und sogar nachts träumte sie von Soldaten, die auf lehmigen Wegen maschierten und durch Schlamm krochen.

Ministerpräsident Staaff erhält einen Nasenstüber

Einmal sollte auch ein Hauch schwedischer Geschichte nach Näs wehen. Ministerpräsident Karl Staaff hatte sich in einer Rede gegen größere Ausgaben für die Landesverteidigung ausgesprochen. Das rief eine starke Opposition gegen seine Regierung auf den Plan. Der Gutsbesitzer Nyberg forderte die Bauern im ganzen Land auf, gegen diese Politik zu demonstrieren. Daraufhin versammelten sich 30.000 Bauern zum Protest in Stockholm. Die kleine Astrid war davon überzeugt, dass ihr Vater mit seinem blaugelben „Mitgliederausweis Nr. 10364“ dafür gesorgt hatte, „dass man diesem Staaff einen Nasenstüber versetzt.“[32] Am 6. Februar 1914 empfing König Gustav V. die Bauernvertreter auf dem inneren Burghof. Nyberg sagte in seiner Rede, dass die Bauern bereit wären, die Lasten der Verteidigung zu tragen. Der König zeigte Verständnis für die Forderungen der Bauern. Staaff erlitt später im Reichstag eine Niederlage und trat zurück. Schwedische Bauern haben sich immer frei gefühlt, gerieten nie in Knechtschaft, weder durch Könige noch durch Ritter. So ist es in diesem Land auch niemals zu Feudalismus und Leibeigenschaft gekommen.

Alle Ericsson-Kinder von Näs besuchten die Schule in Vimmerby, einen großen roten Ziegelbau aus dem Jahr 1905. Über dem Eingang stand: „Gottesfurcht, Ordnung und Fleiß“. In der Schule lernte Astrid Anne-Marie kennen, die bald ihre beste Freundin wurde. Diese Freundschaft sollte lebenslang Bestand haben. Anne-Marie war die Tochter des Bankdirektors und lebte in einer vornehmen Villa. Von ihr hat Astrid gelernt, wie man sich bei Raufereien zur Wehr setzt. Das war wichtig, denn die Mädchen wollten den Buben in nichts nachstehen. Sie wollten ebenso mutig, stark und tüchtig sein und wie diese springen und klettern können. „Als Kind muss ich recht gelenkig und tollkühn gewesen sein. Genau wie Madita hatte ich den Kopf voller Einfälle, genau wie sie balancierte ich gerne auf Hausdächern herum."[33]

Astrid war eine gute Schülerin, aber gewiss keine Streberin. Wie eine heißhungrige Leseratte verschlang sie fast alles, was in der Schulbibliothek zu finden war: die Sagen vom Trojanischen Krieg, Robinson Crusoe, Onkel Toms Hütte, die Werke von Jules Verne, Der Graf von Monte Christo, Die drei Musketiere, Der letzte Mohikaner, Das Dschungelbuch, Die Schatzinsel, Tom Sawyer und Huckleberry Finn. Daneben trieb sie mit ihren Freundinnen jede Menge Schabernack.

Selma Lagerlöf von Vimmerby

Beliebt war das Spiel, ein Paket an einer Schnur zu befestigten, auf die Straße zu legen und hinter einer Hecke zu lauern. Kam ein Spaziergänger vorbei und wollte sich danach bücken, zog man es ihm schwuppdiwupp vor der Nase weg. Hin und wieder gab es für Astrid Ermahnungen wegen ihres ausgelassenen Benehmens. Ihre besten Noten hatte sie in Schwedisch. Sie schrieb so gute Aufsätze, dass diese sogar in einer Zeitschrift von Vimmerby abgedruckt wurden. Das brachte ihr etwas spöttisch den Spitznamen „Selma Lagerlöf von Vimmerby" ein, worauf sie den „unwiderruflichen Entschluss" fasste, niemals Schrifstellerin zu werden. 1923 bestand sie mit guten Noten die Abschlussprüfung der Mittelschule.[34]

Selma Lagerlöf wurde durch „Nils Holgerssons wunderbare Reise mit den Wildgänsen" weltbekannt. Im Grunde ist es ein Schulbuch, das schwedischen Kindern die Geographie und Geschichte ihres Landes nahebringen sollte. Der Hintergrund der Erzählung ist moralisierend und pädagogisch, im typischen Lehrbuchstil verfasst. Weil Nils faul und ungehorsam war und sich dazu noch weigerte, in die Kirche zu gehen, wurde er zur Strafe in einen Däumling verwandelt und musste sich auf eine Bildungsreise begeben. Für Kinder außerhalb Schwedens wurde diese Reise auf dem Rücken des großen weißen Gänserichs „Akka von Kebnekajse“ zum Inbegriff der Befreiung aus den Zwängen der Erwachsenenwelt. „Für Selma Lagerlöf war dieses Ereignis vermutlich die Versinnbildlichung ihres Freiheitsdranges fort von der Isolierung der Familie und deren gutgemeinter Unterdrückung; auf den Flügeln des Pegasus sollte sie sich selbst in die Freiheit erheben.“[35] Ihr ging es besonders um eine Synthese von Märchenhaftem und Wirklichem, von Glauben an die Macht des Guten und Wissen um die existentielle Gefährdung des Menschen. Selma Lagerlöf hat bekanntlich 1909 als erste Frau den Nobelpreis erhalten.

In Astrid Lindgrens „Mio, mein Mio“ fliegt Bo Vilhelm Olsson „wie ein später Nachkomme von Nils Holgersson“[36] über den Himmel voller Sterne in sein großes Abenteuer hinein. Für den kleinen ungeliebten Jungen ist die Reise durch Tag und Nacht keine Strafe, sondern sie wird zur Glücksfahrt. Er findet dort seinen Vater, der ihn liebt, einen neuen Freund und ein Pferd, das sich schneller als der Wind bewegt.[37]

Schwedisch und universell

Auf Astrid Lindgren trifft auch zu, was Paul Valéry über Selma Lagerlöf geschrieben hat – sie sei „spezifisch schwedisch und unwiderlegbar universell“. Astrid Lindgren wäre kaum vorstellbar ohne Småland, mit seinen weiten geheimnisvollen Wäldern voller Pilzen und Beeren, seinen 500 Seen und ebenso vielen Inseln, seinen klaren Bächen. Ihr Werk ist ganz mit ihrer ländlichen Heimat verknüpft. „Das Gefühl des Mädchens vom Lande für Aussaat und Ernte, ihre Kenntnis bäuerlichen und kleinstädtischen Lebens, von Sagen und Sprichwörtern sind in allem, was sie schreibt, zu spüren.“[38] Und umgekehrt ist Småland heute zu einem regelrechten Astrid Lindgren-Land geworden. Viele Reisende wurden und werden von Astrid Lindgrens Naturschilderungen angelockt. Sie selbst sagte dazu: „Fragt mich jemand nach meiner Kindheitserinnerung, dann gilt mein erster Gedanke nicht den Menschen. Nein, es war die Natur, die alle meine Tage umschloss ... Steine und Bäume standen uns fast so nahe wie lebende Wesen, und es war auch die Natur, die unsere Spiele und Träume hegte und nährte."[39] Die alten småländischen Höfe mit ihren Steinwällen sind heute noch Zeugen dafür, dass es hier früher einmal ein regelrechtes „Steinreich" gab.

Småland, das weite wilde Land, ist auch eine poetische Welt, die zum Träumen einlädt. Vielleicht liegen hier die Wurzeln zu Astrid Lindgrens großer Liebe für Lieder und Poesie. Gedichte sind immer ein Teil ihres Lebens gewesen. Die ersten Eindrücke stammten aus der Zeit, als die Mutter Psalmen vorsang, wie etwa jeden Abend das Kirchenlied von Lina Sandell-Berg „Breit aus die weiten Schwingen". Und dann saß man, auf der Heimfahrt nach Familienfesten, eng aneinandergedrückt im Pferdewagen oder -schlitten und sang „Wie herrlich ist es zu wandern" oder „So geht ein Tag von unsrer Zeit".

In den Gedichten erwachte für Astrid Lindgren vieles wieder zu neuem Leben, das mit den Jahren längst verschwunden schien. Düfte, Laute, Bilder wurden ihr durch die Poesie erneut gegenwärtig. So verdichteten sich ihre Eindrücke, die Melodie der Wörter brachte ihr die Welt wieder in einen Gleichklang. Astrid Lingren hat immer eine lebendige Beziehung zur klangvollen Tradition der schwedischen Lyrik gehabt. Viele Gedichte stehen im engen Zusammenhang mit ihren Werken, schreiben Vivi Edström und Marianne Erikson, die Herausgeberinnen des hübschen kleinen Bändchens „Astrid Lindgrens Gedichtebaum". Darin finden sich Verse von Erik Blomberg, Gustaf Fröding oder Erik Axel Karlfeldt sowie die melancholische Lyrik von Bo Bergman, Erik Blomberg und Birger Sjöberg.

Eine kleine Stadt

In Astrids Kindheit spielte die kleine Stadt Vimmerby eine wichtige Rolle. In der „Wimmerby Tidning" vom 12. Juli 1925 schrieb sie: „Liebes, kleines Vimmerby, du bist eigentlich gar keine so schlechte Stadt, um zu dir zurückzukommen, aber Gott bewahre uns davor, hier immer bleiben zu müssen." Als sie am 24. Dezember 1976 in Vimmerby anlässlich der Verleihung eines Kulturpreises aus einem ihrer Bücher las, meinte sie lakonisch: „Endlich wird der Prophet in seiner eigenen Stadt anerkannt." Ihr Sohn Lars chauffierte sie nach der Veranstaltung wieder nach Hause, dabei geriet der Wagen ins Schleudern und prallte an eine Felswand. Astrid Lindgren musste aus dem Auto herausgeschweißt werden, mit Rippenbrüchen und Nackenverletzungen brachte man sie ins Krankenhaus.

Vimmerby liegt in einem 300-Kilometer-Radius von Stockholm, Malmö und Göteborg und ist eine der ältesten Städte Schwedens. Der historische Stadtkern ist erhalten geblieben, mit seinen niedrigen Holzhäusern auf der Storgatan, der Hauptstraße, und dem Torget, dem Markt. Es war bereits im Mittelalter ein bekannter Handelsplatz, die Stadtrechte gehen bis auf das 15. Jahrhundert zurück. Zwischen 1182 und 1610 wurde es wiederholt von den Dänen gebrandschatzt. 1532 hob Gustav Vasa zeitweise das Marktrecht wieder auf. Früher liefen in Vimmerby viele Handelswege zusammen. Seit dem Mittelalter trieben die Bauern an den Markttagen ihr Vieh hierher. Auf den Märkten von Vimmerby hat Michel von Lönnberga seine ersten erfolgreichen Geschäfte getätigt. Viele Menschen aus der ganzen Welt kommen heute in diese Kleinstadtidylle, weil sie das Småland aus Astrid Lindgrens Büchern mit eigenen Augen sehen wollen.

Die Stadt ist inzwischen fast bis zu ihrem Elternhaus in Näs hinausgewachsen. Astrid hatte das kleine Haus vor über dreißig Jahren ihrem Bruder Gunnar abgekauft und mit wiedererworbenen Bilder und Möbeln von früher versucht, ihre Kindheitswelt aufs Neue erstehen zu lassen. Das Knechthäuschen und Kristines Küche sind verschwunden, der Stall mit dem Heuhaufen ist in den sechziger Jahren abgebrannt. Heute stehen hier moderne Villen. Wenn Astrid hierher kam, fragte sie sich bisweilen verwundert, wie es möglich war, dass sich die Welt in einem halben Jahrhundert so verändern konnte. Das Land, in dem sie einst lebte, gibt es heute nicht mehr. Vimmerby hat Astrid geehrt und die Straßen nördlich der Villengegend nach ihren Büchern benannt. Da gibt es eine Alfred-, Mio-, und Saltkrokangasse, eine Roten Rosen-, Krachmacher-, Bullerbü- und Astrid Lindgren-Straße. Auf dem Friedhof liegen Astrids Eltern begraben und auch die beiden Brüder Fahlén, die sie zum Märchen von den „Brüdern Löwenherz" inspiriert haben.

Astrid Lindgrens Värld

Manch suchender Blick hofft heute, Michel aus Lönnberga vor seinem Tischlerschuppen im Gartenhaus zu erspähen. Aufmerksame Leser erinnern sich: Als Michel seine kleine Schwester Ida an der Fahnenstange hochzog, konnte sie ganz Lönneberga sehen, aber nicht bis nach Mariannenlund, wie sie es eigentlich wollte. Nahe dem Pfarrhof steht Pippi Langstrumpfs Limonadenbaum. Etwas weiter außerhalb befindet sich Bullerbü, das eigentlich Sevedstorp heißt, im Mittelhof wuchs Vater Samuel August auf. Auch Michels Katthult findet sich hier, dessen wirklicher Name Gibberyd lautet und wo die Filme über die Kinder von Bullerbü und Michel von Lönneberga gedreht wurden.

Und dann gibt es noch „Astrid Lindgrens Värld". Das Ganze begann mit einem Leserbrief im „Expressen", in dem drei Verfasser die Frage aufwarfen, ob die „beste Astrid der Welt" nicht durch eine Ausstellung geehrt werden könne. 1981 wurde dann tatsächlich ein Kinderpark eröffnet und ist seitdem ständig gewachsen. Astrid Lindgren selbst meinte dazu: „Ich finde, es ist eine sehr schöne und gemütliche Welt geworden, mit Michels Katthult und Pippis Villa Kunterbunt, mit Karlsson vom Dach und den drei Häusern der Bullerbü-Kinder, mit Ronjas Räuberburg und Maditas Birkenlund, ... den Tälern der Brüder Löwenherz, wo im Sommer tatsächlich die Heckenrosen blühen. In dieser Welt ist auch das alte Vimmerby wieder entstanden, ungefähr so, wie ich es von meiner Kindheit her kenne. Da ist der Marktplatz mit seinem Kopfsteinpflaster, das Rathaus, das feine Hotel, die Gasse mit den idyllischen alten Häusern, in einer für Kinder überschaubaren Größe. Ich kann gut verstehen, dass sich hier so viele Kinder und junggebliebene Erwachsene aus aller Welt wohlfühlen."

Albert Engström, ein schwedischer Wilhelm Busch

Småland hat neben Astrid Lindgren noch einige andere große Künstler hervorgebracht. So war Axel Munthe, der schwedische Arzt und Verfasser der weltbekannten Autobiographie „Der Arzt von San Michele", ein Apothekersohn aus Vimmerby. Auch Albert Engström (1869-1940), der populäre Schriftsteller, Maler und Karikaturist, der in Lönneberga zu Welt kam, war ein echter Småländer. „Meine Heimat ist das Småländische Hochland, eine Mischung aus wahrer Lieblichkeit und ernstem Granit", schrieb er. Aus dem Elternhaus Engströms hat man ein Heimatmuseum gemacht. Es befindet sich westlich von Eksjö, in Hult, einem alten Bahnstädtchen mit Armen- und Gemeindehaus.

Populär wurde Engströms Figur des zerlumpten, aber selbstbewussten Hafenarbeiters Kolingen, die er für das von ihm 1897 gründete Witzblatt „Strix" zeichnete und kommentierte. Kolingen verkörpert den typischen Stockholmer, der seinen Eigensinn auch unter der größten Armut nicht verlieren kann. Als Angeklagter wird Kolingen einmal vom Richter nach seinem Beruf befragt und antwortet: „Ich habe keinen. Ich streike." Und als die Justiz ihn darauf hinweist, dass zur Zeit gar kein Streik liefe, erwidert er selbstbewusst: „Das ist mir egal. Ich streike allein." Schon sprichwörtlich wurde Engströms Geschichte von der Beerdigung, auf der die Hinterbliebenen den Pfarrer auffordern, sich noch etwas vom Gebäck zu nehmen: „Langen Sie nur zu, Herr Pfarrer, das hat die Leiche noch selbst gebacken."

Im deutschen Sprachraum könnte man Engström in etwa mit dem volkstümlichen Humoristen Wilhelm Busch vergleichen. Busch, der sich gleichfalls als Maler, Zeichner und Dichter betätigte, war ein Meister der Charakterisierungskunst. Mit seiner Satire gelang es ihm, die Selbstgerechtigkeit, die Scheinmoral und die falsche Frömmigkeit seiner Zeitgenossen zu entlarven. In Engströms Karikaturen zeigt sich ein ähnlich scharfer Blick für das Typische aller Gesellschaftsschichten. Er stellt Priester, Bauern, Politiker und das Seevolk mit eigenwilligem Humor dar, in den sich oft ein etwas ätzender Spott mischt. Durch seine kräftige und malerische Sprache gelang es ihm, das Urtümliche am schwedischen Wesen hervorzuheben.

Mit großem Geschick verstand es Albert Engström, seine erzählerische Technik dem Inhalt seiner Geschichten anzupassen. Dies kommt unter anderem in seinem Buch „Adel, Priester, Schmuggler und Bauern" von 1923 oder im „Lesebuch für das schwedische Volk" von 1938 zum Ausdruck. Seine Volkstypen verkörpern ein Schwedentum, dessen Wurzeln bis tief in die urheidnische Zeit reichen – sichtbar in manchen heidnischen Bräuchen, in denen das uralte nordische Recht weiterlebte und damit ständig in Konflikt zu vielen Forderungen des Christentums geriet.

Albert Engström wurde Mitglied der Schwedischen Akademie, der sogenannten „Gruppe der Achtzehn". Er war mit Astrid Lindgren über Ida Ingström, ihre Großmutter väterlicherseits, verwandt.

Das Armenhaus von Sunnanäng

Zu einige Geschichten von Astrid Lindgren finden sich auch Parallelen in Engströms Werk. Margareta Strömstedt meint, diese Ähnlichkeiten seien natürlich, weil beide Schriftsteller in einer ähnlichen Erlebniswelt aufgewachsen und in den Familien gleichlautende Geschichten zum besten gegeben worden seien. Bei beiden sind auch manche Motive aus dem småländischen Volksgut eingeflossen.

Das Armenhaus, in das Michel von Lönneberga mit einem Weihnachtskorb voller Köstlichkeiten geht, ist dem Armenhaus von Sunnanäng ähnlich, zu dem der kleine Albert Engström einst unterwegs war, um den Armenhäuslern ebenfalls weihnachtliche Leckerbissen zu bringen. Es ist schief gebaut, hat zwei Räume im Erdgeschoss und ein Stockwerk darüber. Albert sah die alten Menschen, die ihm mit ihren verschlissenen Kleidern wie ein Lumpenhaufen vorkamen.[40] Astrid Lindgren beschreibt das Armenhaus als „eine häßliche alte Hütte mit einigen Zimmern, voll mit armen, verbrauchten alten Menschen, die dort zusammen wohnen – in einem Durcheinander von Dreck und Schmutz und Läusen und Hunger und Elend."[41]

Bauern ziehen übers Meer

Gemeinsam mit Albert Engström und Astrid Lindgren bewegt sich auch Vilhelm Moberg in der typisch småländischen Erzähltradition; die meisten seiner Gestalten haben småländische Wurzeln. Bei Moberg finden sich epische Naturschilderungen, in fast allen Geschichten spielen Wälder eine wichtige Rolle. Er hat mit ausgeprägtem Einfühlungsvermögen die schwedische Heimat in sein Werk einfließen lassen, das in 21 Sprachen übersetzt worden ist. Am bekanntesten wurden seine Auswanderer-Romane „Bauern ziehen übers Meer" (1949) und „Neue Heimat in fernem Land" (1952).

Vilhelm Moberg (1898-1973) wurde in dem kleinen Flecken Algutsboda geboren. Seine Kindheitserinnerungen wurden später zu einem bestimmenden Element seiner Bücher – Erinnerungen an eine ärmliche und unfruchtbare Region, deren Boden die Leute nicht mehr ernähren konnte, weshalb besonders viele der schwedischen Amerika-Auswanderer aus dieser Gegend stammten. Mobergs literarische Welt verbindet das mythische

Värend, das auf das mittelalterlichen Verenda zurückgeht, mit dem wirklichen Småland. Sein ganzes Leben wurde von der Sehnsucht nach einem Zuhause und dem Drang nach Freiheit bestimmt – eine Polarität, die auch bei Astrid Lindgren eine große Rolle spielt. Ähnlich wie sie verbrachte auch Moberg später den größten Teil seines Lebens in Stockholm.

Auch bei Pippi Langstrumpf findet man – auf eine ganze andere Weise – typisch småländische Züge, nämlich in ihren vielen Lügengeschichten. Noch heute sind die „småländischen Lügenbarone“ geradezu sprichwörtlich. In jüngster Zeit hat man hier versucht, die längste Bank der Welt zu zimmern, ganze 72 Meter lang. „Manchmal genügt es wohl, Småländer zu sein, um Erfolg zu haben. Unbegreiflich. Vor allem wenn man bedenkt, dass der Nachwuchs hier aus Bullerbükindern, schweinehütenden Lausebengeln, Räubertöchtern und kleinen Mädchen, die Pferde stemmen, besteht. Natürlich wohnen sie alle in roten Holzhäuschen. Das sieht man in jedem Touristenprospekt. Offenbar wurde jeder Tropfen der in Schweden hergestellten roten Faulfarbe in Småland verbraucht. ... Auch alle schwedischen Steine wurden offenbar in Småland gesammelt und mehr oder weniger kunstvoll zu Wällen aufgebaut, die als Hofeinfriedung dienen”, schreibt Thomas Jönsson in einer Schrift über Småland und fährt fort, die Småländer seien auch der Meinung, sie hätten das Schnapsglas und die Wäscheklammer erfunden. „Nur Småland haben wir es zu verdanken, dass unsere Wäsche nicht von der Leine flattert.“

Ellen Key und das Jahrhundert des Kindes

Nach dem Mittelschulexamen 1923 erhielt Astrid Lindgren zunächst eine Anstellung, mit monatlich sechzig Kronen, bei der „Wimmerby Tidning“. Ihre Aufgabe bestand darin, Notizen zu sammeln, Korrektur zu lesen und kleine Reportagen zu verfassen. Zur Bestürzung ihrer Eltern schnitt sie sich die Haare kurz, um wie Greta Garbo im Film „Gösta Berling“ auszusehen. Als sie danach mit ihrem neuen Bubikopf in Vimmerby unterwegs war, baten sie Passanten, ihren Hut abzunehmen, um ihre ungewöhnliche Frisur anzuschauen. Astrid meinte später, sie sei damals ganz verrückt nach Jazz gewesen und hätte unter ihrem kurzen Haar keinen einzigen vernünftigen Gedanken gehabt.[42]

Im Sommer 1925 unternahm sie gemeinsam mit Freundinnen eine Fußwanderung nach Östergotland. Mit dem Titel „Auf der Walz" (På luffen) hat sie in der „Tidning" über ihre Erlebnisse während einer Juliwoche geschrieben. Dabei besuchte sie auch das Gut „Strand" der bekannten schwedischen Schriftstellerin und Pädagogin Ellen Key (1849-1926) nahe Alvastra am Vättersee.

Ellen Key hatte schon 1889 mit einem Vortrag über die Meinungsfreiheit in Schweden große Aufmerksamkeit erweckt. Sie engagierte sich für die Frauenbewegung und forderte in der Zeitschrift „Missbrauchte Frauenkraft" dazu auf, die Frauen sollten nicht ihre mütterliche Natur unterdrücken. Damit erntete sie bei vielen emanzipierten Frauen einen wahren Sturm der Entrüstung. 1898 erschien ihre Schrift „Frauenpsychologie und weibliche Logik". Kurz vor dem Ersten Weltkrieg schrieb Key, Frauen mit ihrer Mütterlichkeit sollten sich an die Spitze der Friedensbewegung stellen.

Internationales Aufsehen erregte sie mit ihrem 1900 entstandenen Werk „Das Jahrhundert des Kindes", das schon damals in elf Sprachen übersetzt wurde. Darin setzte sie sich leidenschaftlich für eine kindgemäße Erziehung ein, für einen Bildungsweg, der dem Wesen der Frau entspreche, für das Recht auf Mutterschaft und einen umfassenden gesetzlichen Schutz für Frauen und Kinder. Ihre von Rousseau beeinflusste Vorstellung, dass bereits Kinder beginnen sollten, ihre Begabungen möglichst eigenständig zu entwickeln, kann als Vorläufer der Selbstverwirklichungsideen und der individualistischen Weltsicht der 68er-Bewegung angesehen werden. Auch „Das Jahrhundert des Kindes" löste wieder starke Gegenreaktionen aus. 1902 verfasste Vitalis Nordström dazu eine Streitschrift mit dem eigenartigen Titel „Ellen Keys Drittes Reich. Eine Studie des Radikalismus".

Dieser Tag ein Leben

Ellen Key war während dreißig Jahren eine der bedeutendsten Meinungsmacherinnen in Schweden und eine geistige Vorkämpferin für ethische und ästhetische Bildungsideale. Sie übte auch großen Einfluss auf die deutsche Jugendbewegung aus, auf die Intellektuellen wie auf die Arbeiterschaft. „Das Jahrhundert des Kindes" wurde zum Schlagwort, denn zu dieser Zeit setzte in allen Kulturländern jenes rege Engagement für die Belange der Kinder ein, das danach das ganze 20. Jahrhundert prägen sollte. Ellen Keys Haus „Strand" galt seinerzeit als wahre Wallfahrtsstätte für Bewunderer und Hilfesuchende. Da sie zeitlebens starke Sympathien für die Sache der Arbeiterbewegung hegte, verfügte sie, dass aus dem Haus nach ihrem Tod ein Heim für Arbeiterinnen werden sollte.

Am 15. Juli 1925 kam es zum denkwürdigen Zusammentreffen der Verfasserin des „Jahrhunderts des Kindes" mit der späteren Schöpferin des „Kindes des Jahrhunderts" – zwei Frauen, die Schwedens öffentliche Meinung stark beeinflusst haben. Astrid war mit ihren Freundinnen neugierig um das Haus gestrichen, als Ellen Key plötzlich unfrisiert und nur halb angezogen auf dem Balkon erschienen war und die Gruppe barsch zurechtgewiesen hatte. Als ihr großer Bernhardiner eines der Mädchen ins Bein biss, wurde die Gruppe von der Haushälterin Malin in die Eingangshalle gebeten, um die Bisswunden zu verbinden. Plötzlich kam Ellen Key die Treppe herab und forderte ausgerechnet die verdutzte Astrid auf, ihr zu folgen und ihr das Unterkleid zuzuknöpfen. In dem Raum, wo das geschah, las Astrid auf einem Porträtstich an der Wand ein Wort des schwedischen Autors Thorhild aus dem späten 18. Jahrhundert: „Dieser Tag ein Leben".[43]

Diese Bilder müssen sich unauslöschlich in Astrid Lindgrens Gedächtnis eingeprägt haben. In ihrem Buch „Saltkoran", in dem ein Mädchen namens Malin und ein großer Bernhardiner vorkommen, findet sich eine fast schon philosophisch anmutende Passage. Vater Melcher liest seinen Kindern aus einem

Buch vor. Am Ende erklärt er den Titel: „‚Dieser Tag ein Leben‘ – das bedeutet, man soll gerade an diesem Tag so leben, als hätte man nur diesen einen. Man soll auf jeden einzigen Augenblick achtgeben und spüren, dass man wirklich lebt.“ Nun entwickelt sich ein Dialog: „‚Und da findest du, ich soll mich hinstellen und abwaschen‘, sagte Niklas vorwurfsvoll zu Malin. ‚Weshalb nicht‘, antwortete Melcher darauf. ‚Zu merken, dass man etwas ausrichtet, etwas mit seinen eigenen Händen tut, so etwas steigert ja gerade das Lebensgefühl‘.“[44]

Aufbruch nach Stockholm

Im Jahr 1926 fand Astrid Lindgrens unbeschwerte Jugendzeit ein rasches Ende, denn sie erwartete ein Kind. Ein uneheliches Kind zu bekommen, das war für Vimmerby mit seinen typisch kleinstädtisch moralisierenden Klatschgewohnheiten ein regelrechter Skandal. Astrid glaubte, dass die Leute befürchteten, dieses „Unglück“ könnte der Stadt mehr schaden als einst der Verlust der Marktrechte unter Gustav Vasa. Daher wollte sie fort, um aus dem Kleinstadtmilieu herauszukommen, und entschied sich, nach Stockholm zu ziehen. Den Vater ihres Kindes wollte Astrid nicht heiraten. Sie war sich mit ihren Eltern einig, dass eine Ehe zwischen „zwei Unglücklichen“ wenig Sinn mache.

Jahrzehnte später sagte sie dazu: „Eigentlich war meine Jugendzeit sehr lustig, nur endete sie damit, dass ich mit achtzehn schwanger wurde. Das war mit sehr viel Schmerz verbunden, denn ich habe Kinder sehr gern, und meinen eigenen Sohn konnte ich in den ersten Jahren nicht bei mir haben. Eine Pflegemutter kümmerte sich um ihn, während ich in Stockholm eine Ausbildung als Sekretärin machte. Das Problem war, dass ich ihn nicht von Anfang an bei mir haben konnte und mich immer, immer nach ihm sehnte.“[45]

In ihrer ersten Stockholmer Zeit lernte sie Stenografie und Schreibmaschine – eine Ausbildung, die ihr später noch sehr zugute kommen sollte. Die Rechtsanwältin Eva Andén, die sich für unverheiratete Mütter einsetzte, unterstütze Astrid bei ihrem Wunsch, für die Geburt des Kindes nach Dänemark zu gehen. In Kopenhagen gab es das einzige Krankenhaus Skandinaviens, in dem man Kinder zur Welt bringen konnte, ohne dass sie automatisch von den Behörden registriert wurden. Dort half man ihr auch, gute Pflegeeltern für ihren Sohn Lars zu finden, den sie meist zärtlich Lasse nannte. Für Astrid, die sehr knapp bei Kasse war, wurde das eine schwere Zeit. Sie arbeitete weiter an ihrer Ausbildung und versuchte, so oft wie möglich ihren kleinen Sohn in Dänemark zu besuchen. Ihr ganzes Trachten und Streben ging dahin, den Jungen möglichst bald zu sich holen zu können.

Ein heimlicher Urlaub und seine Folgen

Nach einem vergeblichen Versuch, Arbeit zu finden, wurde Astrid Lindgren von Torsten Lindfors, dem Vater der bekannten Filmschauspielerin Viveca Lindfors, in der Radioabteilung der „Schwedischen Buchhandelszentrale" angestellt. Ihre Vorgängerin dort war Zarah Leander gewesen. Weder ihre Kollegen noch ihre Vorgesetzen ahnten irgend etwas von Astrids Schwierigkeiten. Als Lindfors einmal verreist war und sie dennoch ihren Sohn besuchen wollte, blieb ihr nichts anderes übrig, als ohne Erlaubnis nach Kopenhagen zu fahren. Doch das Unglück wollte es, dass sie ausgerechnet zwei ihrer weiteren Vorgesetzten auf der Straße begegnen musste. Daraufhin wurde sie sofort entlassen. Torsten Lindfors, der die Fähigkeiten seiner jungen Angestellten zu schätzen wusste, konnte ihr danach 1928 gelegentlich Arbeit beim „Königlichen Automobilklub" (KAK) vermitteln. Im Rückblick erscheinen Zufälle im Leben oft wie sinnvolle Zusammenhänge, als gäbe es einen roten Faden, der Ereignisse zu einem folgerichtigen Geschehen zusammenfügt. Ihr neuer Vorgesetzter beim „Königlichen Automobilklub", Sture Lindgren, ließ es sich sich wohl kaum träumen, dass der Name Lindgren durch die drei Jahre später folgende Heirat mit der 26jährigen Astrid Ericsson einmal unsterblich werden sollte. Astrid wohnte zu dieser Zeit mit einer Freundin zusammen, hatte wenig zu essen und freute sich über die regelmäßigen „Fresspakete“ aus Näs.

Im Dezember 1929 wurde Lasses Pflegemutter herzkrank, und der Junge musste vorübergehend in einem Heim untergebracht werden, bis Astrid ihr Kind kurzentschlossen zu sich nach Stockholm holte. Nun nahm sich die Zimmerwirtin des Jungen an, während Astrid weiter zur Arbeit ging. Großmutter Hanna aber hielt diese Form des Zusammenlebens für keine gute Lösung. So fuhr Astrid 1930 mit Lasse nach Vimmerby, wo sich die Klatschwogen in der Zwischenzeit wieder gelegt hatten. Es war für sie beruhigend zu wissen, dass ihr Sohn nun bei den Großeltern, den Tanten und Onkeln auf Näs umhegt und umsorgt wurde, so dass es ihm an nichts fehlte. Lasse konnte, wenn auch nur für kurze Zeit, ähnlich wie seine Mutter die ungebrochene Geborgenheit einer Großfamilie erfahren. Astrid, die sich inzwischen mit Sture verlobt hatte, kehrte in diesem Jahr nochmals für einen Sommermonat nach Näs zurück. Sie wollte bei Lasse sein und sollte von der Mutter noch den letzten hausfraulichen Schliff bekommen.

Auf der Seite der Kinder

Im Jahr 1931 heirateten Astrid und Sture, das Paar bezog eine Zweizimmerwohnung in der Vulcanusgatan. Sture war 1898 in Malmö als Sohn eines Zollbeamten geboren worden. Er war ein großzügiger und humorvoller Mann, den Astrid wirklich liebgewonnen hatte. Verliebtheit, wie sie die meisten Menschen erfahren, hat sie indes nie erlebt und auch nicht vermisst. Bei ihr gab es nur kurze Seufzer, wie sie selbst sagte. Endlich konnte sie ihren Lasse ganz bei sich haben, zugleich bot sich die Möglichkeit, zu Hause Beiträge für das Tourenbuch des Automobilklubs zu schreiben. Im Frühjahr 1934 wurde ihre Tochter Karin geboren. Astrid genoss ihr Mutterglück aus vollem Herzen, was ihr bei Lasse durch die Umstände verwehrt geblieben war. Diese Empfindungen hat sie später in ihre „Kati"-Bücher einfließen lassen. „Der dritte Band endet, wie Kati ihren Sohn im Arm hält. Das war eine Liebeserklärung..."[46]

Mit den beiden Kindern kehrte auch ihre eigene Spielfreude zurück. Lasse meinte später, sie habe nicht wie andere Mütter unbeteiligt auf einer Bank gesessen, um ihre spielenden Kinder zu beobachten, sondern habe sich selbst begeistert an den Spielen beteiligt. Sie kletterte mit ihren Kindern auf Bäume und erzählte ihnen Geschichten.

Von 1937 an arbeitete Astrid Lindgren gelegentlich als Sekretärin bei Harry Söderman, einem Dozenten für Kriminologie an der Stockholmer Universität. Hier wurde sie mit der Terminologie der Kriminalistik vertraut, die sich später in den „Blomquist"-Krimis wiederfinden sollte.

Als der dreizehnjährige Lars in der Schule einen Vortrag über die Revolte der Jugend halten musste, half ihm seine Mutter bei der Vorbereitung. Was Astrid Lindgren dabei für ihren Sohn über das Los der Kinder aufgeschrieben hat, sollte zum Tenor ihres ganzes Werk werden: Sie wird stets auf der Seite der Kinder stehen. Ihre Ausführungen wurden am 7. 12. 1939 als Leserbrief in der Stockholmer Tageszeitung „Dagens Nyheter" veröffentlicht:

„Nein, es ist nicht leicht, Kind zu sein! Es ist schwer, ungeheuer schwer. Was bedeutete es denn, Kind zu sein? Es bedeutet, dass man ins Bett gehen, aufstehen muss, ... wenn es den Großen passt, nicht wenn man es selbst möchte. Es bedeutet ..., dass man ohne mit der Wimper zu zucken in den Milchladen rennen muss, ... obwohl man sich's gerade mit einem dicken Buch gemütlich gemacht hat. ... Ich habe mich oft gefragt, was passieren würde, wenn man anfinge, die Großen in dieser Art zu behandeln." Unter den Brief hatte die Redaktion das Kürzel A. L. gesetzt und in Klammern L IV hinzugefügt. Man wollte wohl den Anschein erwecken, der Text stamme aus der Feder eines Schülers.[47]

Im Zweiten Weltkrieg

Am 1. September 1939 griff Hitler Polen an, zwei Tage später antworteten Großbritannien und Frankreich mit einer Kriegserklärung – der Zweite Weltkrieg war ausgebrochen. Astrid Lindgren führte nun regelmäßig ein Tagebuch. Sie verfolgte intensiv, welche Auswirkungen das politische Weltgeschehen auf die Menschen hatte, und sammelte Zeitungsausschnitte. Am 2. September trug sie ein: „Das Urteil der Geschichte über Adolf Hitler muss furchtbar ausfallen, wenn es zu einem neuen Weltkrieg kommt.“[48] Im April 1940 wurde Sture zur Grundausbildung eingezogen. Zwei Monate nach der Besetzung Dänemarks und Norwegens durch deutsche Truppen erließ die schwedische Regierung am 12. Juni 1940 ein Zensurgesetz. Es löste in dem freiheitsliebenden Land viele Proteste aus.

Im Zusammenhang mit den angeordeneten Maßnahmen bekam Astrid im Sommer 1940 eine Anstellung bei der Briefkontrolle des Nachrichtendienstes in der Bryggaregatan. Kritiker betrachteten das Herumschnüffeln in anderer Leute Post fast schon als „Schmutzarbeit“. Briefe der Soldaten aus Finnland mit militärischen Geheimnissen wurden zurückgeschickt. Astrid gewann so einen Einblick in politischen Zusammenhänge und entwickelte eine heftige Abscheu gegen Hitler und den Nationalsozialismus, wie auch gegen Stalin und den Bolschewismus. Die beiden menschenverachtenden Systeme erschienen ihr wie riesige Ungetüme, die aufeinander losgehen. Dieses Bild findet sich später in ihrem Heldensagen-Roman „Die Brüder Löwenherz“ wieder.

Gemeinsam mit ihrer Freundin Anne-Marie Fries, dem Vorbild für Madita, musste sie durch Unterschrift bestätigen, nicht über ihre Arbeit zu sprechen. „Alle mussten wir schwören, dass wir kein einziges Wort weiter erzählen würden. Aber heute wage ich es doch“, sagte sie Jahrzehnte später bei einem Interview. „In den Briefen der Einberufenen an ihre Frauen oder Verlobten erfuhr man, was sich die ‚Kerle‘ erwarteten, wenn sie wieder nach

Hause kommen würden." Trotz der Schrecknisse des Krieges gab es bei dieser Behörde doch auch einiges zu lachen. „Ein einziges Mal bekam ich bei der Zensur richtigen Kaffee. Das machte uns fast so trunken wie später die Friedensnachricht."[49]

Das befreiende Gefühl des Kriegsendes erlebte Astrid Lindgren in Stockholm, zusammen mit ihrer elfjährigen Tochter Karin. In dieser Zeit lag sie einmal eine ganze Nacht wach und weinte, nachdem sie „Im Westen nichts Neues" von Erich Maria Remarque gelesen hatte, worin dieser seine Erlebnisse an der Front von 1916-1918 schildert. Und sie malte sich aus, wenn jemals wieder Kriegsgefahr heraufziehen sollte, dann würde sie auf Knien bis zum Reichstag kriechen und die Regierung anflehen, sich nicht daran zu beteiligen.

Im Oktober 1941 bezog die vierköpfige Familie Lindgren eine große Wohnung an der Dalagatan 46, in der die Schriftstellerin bis zu ihrem Tod lebte. Sture wurde Direktor beim „Reichsverband der Kraftfahrer", und von nun an hatten die Lindgrens keine finanziellen Sorgen mehr. Im Sommer wohnte man gemeinsam mit Stures Eltern auf Furusund, wo ihre beiden Kinder nach Herzenslust frei herumtoben konnten. Astrid lernte hier ein Milieu kennen, das sie später in „Ferien auf Saltkrokan" beschrieben hat. Nach dem Tod ihrer Schwiegermutter 1947 übernahm sie das rot-weiße Haus mit der glasgedeckten Veranda. In den folgenden Jahren begann für Astrid eine Zeit des Reisens – nach England, in die USA, nach Deutschland und in die UdSSR, zu Lesungen, Kongressen oder Preisverleihungen.

Licht und Schatten

Seit Beginn der fünfziger Jahre legten sich über ihr Familienleben immer wieder dunkle Schatten. 1950 erkrankte ihr Mann schwer. Ähnlich wie bei der kurzen Krankheit ihres Vaters Samuel August dachte sie in dieser Zeit immer wieder über die Zerbrechlichkeit der Famile nach und war voller Sorge um ihren Mann. Sture starb im Juni 1952, mit erst dreiundfünfzig Jahren, an einer inneren Blutung. Astrid selbst war damals erst fünfundvierzig Jahre alt. 1961 verlor sie ihre Mutter Hanna und 1969 ihren Vater Samuel August Ericsson.

Fünf Jahre später ging auch ihr Bruder Gunnar von ihr, der erste „Sachensucher“, der ihr immer sehr nahe gestanden hatte. 1986 sollte dann ihr Sohn Lars mit sechzig Jahren einem Hirntumor erliegen. Sie hat nie aufgehört, um ihn zu trauern. Astrid Lindgren meinte, Tränen würden Trauer und Schmerz lindern. Sie selbst konnte leicht weinen.

Als Trost und Freude blieben Astrid Lindgren die Tochter Karin, die sieben Enkel und vielen Urenkel. Ihre Freundin Elsa Olenius schilderte Astrid als die beste Freundin und Spielgefährtin dieser kleinen Schar. An den Geburtstagen der Kinder sei sie die treue „Hexe“ gewesen, die herumkutschierte und zauberte. „Ich würde auch gerne dabei sein, wenn sie an einem Herbstabend, wie jedes Jahr, mit ihren Enkelkindern im Wald spazierengeht, mit einer Taschenlampe zwischen die Bäume und Büsche leuchtet und den Lauten der Natur lauscht. Alle gehen dann ganz leise in einer langen Reihe und erleben Geheimnisse und Wunder in der Weite der Landschaft.“[50]

Zwiegespräch mit einem Kinderbuchautor

Neben dem eigenen Schreiben war Astrid Lindgren viele Jahre lang für den Verlag Rabén & Sjörgen tätig, wo sie von 1946 bis 1970 die Kinder- und Jugendbuchabteilung leitete. Marianne Eriksson erinnerte sich gerne an diese Zeit: „Eigentlich waren damals nur wir beide in der Kinderbuchabteilung. Ich übernahm die technische Arbeit, Astrid pflegte die Kontakte zu den Autoren. Sie arbeitete hart, deshalb hatte sie auch die Fähigkeit, anderen Verfassern zu helfen, sie zu kritisieren und sie zu ermutigen. Sie setze sich sehr für die Qualität der Kinderbücher ein.“ War sie dann doch gezwungen, Manuskripte abzulehnen, so speiste sie die Autoren niemals mit Allgemeinplätzen ab, sondern gab ihnen wertvolle und wohlwollende Ratschläge.

In ihrem Essay „Kleines Zwiegespräch mit einem künftigen Kinderbuchautor“ wendet sich Astrid Lindgren gegen den Irrglauben, jedermann könne Kinderbücher verfassen. Auch Ermutigung seitens erwachsener Freunde sei noch längst keine Gewähr für den Erfolg. Beim Schreiben müsse man zuerst an die eigentliche Zielgruppe, die kleinen Leser, denken – sonst erleide man Schiffbruch: „Viele, die für Kinder schreiben, zwinkern verschmitzt einem gedachten Leser zu, die blinzeln Einverständnis mit dem Erwachsenen und übergehen das Kind. Bitte, tu das nicht – niemals, wirklich niemals! Denn es ist eine Unverschämtheit dem Kind gegenüber, das dein Buch kaufen und lesen soll.“[51]

Auch in gesellschaftlichen und politischen Belangen meldete sich Astrid Lindgren immer wieder zu Wort. Sie hatte von zu Hause ein soziales Bewusstsein und das Mitgefühl für Benachteiligte mitbekommen. Sic warnte vor den Gefahren der Kernkraft, trat gegen Kindesmisshandlung und gegen die Massenviehhaltung auf den Plan. Auch für anscheinend „kleine“ Dinge setzte sie sich ein, so etwa dafür, dass die typisch schwedischen Flechtzäune erhalten bleiben solten.

Pippi hebt eine Regierung aus dem Sattel

Schlagzeilen machte Astrid Lindgren mit ihrem Kampf gegen überhöhte Steuern. Alles hatte damit begonnen, dass im Januar 1976 bei einer Probe zu Strindbergs „Totentanz“ in Stockholm plötzlich die Polizei im Theater erschien und den Regisseur Ingmar Bergman abführte, um ihn vor einen Steuer-Untersuchungsausschuss zu bringen. Gleichzeitig durchsuchten Steuerfahnder Bergmans Haus und das seines Anwalts, dabei wurden verschiedene Unterlagen beschlagnahmt. Die Beamten waren damals befugt, ohne Voranmeldung Büros zu betreten und ohne richterlichen Befehl Wohnungen zu durchsuchen. Steuerfahnder konnten sich auch ohne weiteres Einblick in Privatkonten verschaffen. Bergman wurde dann schließlich nach einer amtlichen Untersuchung vom Vorwurf der Steuerhinterziehung freigesprochen und erhielt sogar eine Rückzahlung. Der Fall erregte großes Aufsehen in den Medien. Ministerpräsident Olof Palme entschuldigte sich persönlich bei dem weltbekannten Künstler.

Doch der erzürnte Bergman ließ sich damit nicht beschwichtigen. Er griff die Sozialdemokraten vehement wegen ihrer „Ideologie des Kompromisses" an. Sie würden zwar die Vorzüge der kostspieligen sozialen Reformen preisen, übersähen dabei aber die zerstörerischen Auswüchse der Bürokratie. Ingmar Bergman gab bekannt, dass er sich nach der „fast unerträglichen Demütigung" im Ausland, in München, niederlassen wollte. Kurz nach der Bergman-Affäre erhielt Astrid Lindgren einen Bescheid, dass sie dem Finanzamt vom zusätzlichen Einkommen 102 Prozent (!) Steuern zahlen sollte.

Im Herbst 1976 ging dann die Nachricht um die Welt, dass Schwedens berühmteste Kinderbuchautorin maßgeblich am Sturz der Sozialdemokraten – nach vierzigjähriger Regierungszeit – beteiligt gewesen sei. Manche verglichen ihre Kraft, eine ganze Regierung aus dem Sattel zu heben, mit der Stärke der Pippi Langstrumpf, die, um auf der Veranda ihrer „Villa Kunterbunt" Kaffee zu trinken, einfach ihr Pferd in den Garten hob.

Astrid Lindgren hatte niemals versucht, in den Genuss irgendwelcher Steuerabschreibungen zu gelangen. Gelegentlich äußerte sie sogar, dass sie gerne Steuern zahle. Zunächst hatte sie geglaubt, dass ihr von ihrem Zwei-Millionen-Einkommen (damals annähernd 1,2 Millionen D-Mark) nach Abzug der Steuern noch 5.000 Kronen übrig bleiben würden. Dann aber ließ die Steuerbehörde sie wissen, dass sie dem Staat 2.020.000 Kronen schulde.

Diese absurde Forderung war die Folge von falschen Berechnungen. Astrid Lindgren wurde vom Effekt der Marginalsteuer getroffen, der die gesamten Steuern einschließlich Sozialabgaben so hoch ansteigen ließ.

Im März 1976, sechs Monate vor den Wahlen, erschien im „Expressen" ihre Geschichte über das Land Monsimanien und die Hexe Pomperipossa, deren Nase immer länger wurde, je mehr man sie um ihr Geld prellte. Pomperipossa liebte ihr Land und war von tiefem Respekt vor den weisen Männern erfüllt, die eine so gute Gesellschaft geschaffen hatten. Als sie aber den Bescheid des Reichssteuermeisters bekam, rief sie aus: „Du liebe Sozialdemokratie, meiner Jugend schönster Traum, was hast du nur aus uns Menschen gemacht."

Bald geriet Astrid Lindgren zwischen die Fronten: Im Wahlkampf hob die Rechte sie auf ihren Schild, und die sozialdemokratische Presse machte sie zum Hauptfeind der Arbeiterklasse. Als der Finanzminister dem Volk weiszumachen suchte, dass der Pomperipossa-Effekt nur eine „äußerst kleine und bedeutungslose Gruppe von ungenügsamen Spitzenverdienern" berühre, griff Astrid Lindgren erneut zur Feder. Sie schrieb dem Minister einen offenen Brief, der vom „Expressen" abgedruckt wurde: „Ich kann damit beginnen, dass ich den Steuerbescheid eines armen Friseurs vorzeige, dem von seinem steuerpflichtigen Einkommen von 30.000 Kronen 19.000 Kronen als Abgaben berechnet wurden..." Dann warf sie der sozialdemokratischen Partei vor, sie versuche ihre Macht durch Schleichwege und auf Kosten der persönlichen Freiheit zu festigen. Sie würde die Gesellschaft unerbittlich bürokatisieren, sozialisieren, kollektivieren, schikanieren und kontrollieren. Und zwar in einem Maße, dass den Bürgern von der Wahlfreiheit nicht mehr übrig bliebe, als zu bestimmen, ob sie täglich sechs oder acht Scheiben Brot essen wollten.

Zwei kletternde Greisinnen

Später erregte sie mit der Äußerung Aufsehen, sie wolle kein Deutsch in den Schären mehr hören. Daraufhin verglich man sie sogar mit den fremdenfeindlichen Skinheads. Astrid Lindern erwiderte, in ihrer Äußerung habe keinerlei „Nationalismus" mitgeklungen, sie möge die Deutschen sehr gerne leiden, aber eben nicht in den Schären. „Ich habe das gesagt, weil viele Deutsche sich für teures Geld Sommerhäuschen in den Schären kaufen und der Staat den Steuerwert so stark ansteigen lässt, dass viele Schweden, die ihre Häuschen im Familienbesitz haben, sie sich nicht mehr leisten können."[52] Anfang 1995 hat sich Astrid Lindgren mit anderen Schriftstellern gegen den EU-Beitritt Schwedens ausgesprochen.

Bis in ihre letzten Jahre hat sie ihre Sommer zu einem großen Teil auf den Inseln nördlich von Stockholm verbracht. In dieser Abgeschiedenheit sind viele ihrer Werke entstanden. Beim letzten Kapitel eines Buches wurde sie oft wehmütig, weil ihr das Schreiben solche Freude machte. Es war für sie härteste Arbeit und zugleich das Herrlichste auf der Welt. Alle wichtigen Arbeiten erledigte sie am liebsten in ihrem Häuschen in Furusund. Astrid war eine Frühaufsteherin, oft saß sie schon morgens um fünf auf ihrem kleinen Balkon mit dem weißen Geländer im ersten Stock.

Auf ausgedehnten Spaziergängen dachte sie sich viele Geschichten aus. In früheren Jahren war sie auch viel mit dem Fahrrad herumgefahren. Noch mit ungefähr siebzig Jahren ist mit ihrer Freundin Elsa Olenius um die Wette auf einen Baum geklettert – anlässlich Elsas achtzigstem Geburtstag! Den neugierigen Journalisten sagte Astrid: „Es steht nicht in den zehn Geboten geschrieben, dass Greisinnen nicht auf Bäume klettern dürfen." Eine deutsche Zeitung hatte zuvor berichtet, Astrid Lindgren sei nun so alt geworden, dass sie nicht mehr gehen könne.

Zu ihren Lieblingsbeschäftigungen in Stockholm gehörte es, am Fenster zu sitzen und auf den Vasa-Park zu blicken. Oft fehlte dazu jedoch die Zeit. Einem Reporter teilte sie mit, sie würde das gerne öfter tun – in letzter Zeit aber habe sie „nur" nach den USA, nach Finnland, Russland, Polen, Holland, Deutschland und Norwegen reisen müssen. Ein nochmaliger Besuch in Polen stehe bevor, dann aber werde sie bestimmt wieder am Fenster sitzen, den Blick auf Vasaparken gerichtet.

Im Jahr 1987 schickte Astrid Lindgren einen Brief an Michail Gorbatschow. Darin erzählte sie von einem kleinen schwedischen Jungen, der ihr mit eckigen Buchstaben geschrieben hatte: „Ich habe Angst vor dem Krieg. Du auch?“ Sie habe ihm ehrlich geantwortet: „Ja, ich habe Angst. Alle Menschen haben Angst.“ Dann fuhr Astrid fort: „Aber ich wollte ihn ja doch ein wenig trösten, und so fügte ich noch etwas hinzu, das hoffentlich wahr ist. Ich schrieb: ‚Aber weißt Du, es gibt so viele, viele Menschen in allen Ländern der Erde, die den Frieden möchten, die wollen, dass mit allen Kriegen ein für allemal Schluss ist. Und Du wirst sehen, so kommt es schließlich auch. Die Menschen kriegen das, wonach sie sich am meisten sehnen – Frieden auf Erden‘.“

Anlässlich ihres 80. Geburtstags regneten Preise und Ehrungen auf Astrid Lindgren herab – wie der Goldregen auf die „Goldmarie“ im Grimmschen Märchen „Frau Holle“. Sie erhielt das Ehrendoktorat einer polnischen Universität, den Selma-Lagerlöf-Preis, den Leo-Tolstoi-Preis der Sowjetunion. In den USA wurde sie zur „Swede of the Year“ gekürt, in ihrer Heimat zu Schwedens „Goldenem Mädchen“, zur „Tierfreundin des Jahres“ und zur „Meistbewunderten Frau“. Auch erschienen zehn Briefmarken mit Motiven aus ihren Büchern. Mit dem Preisgeld von 375.000 dänischen Kronen für den Lego-Preis gründete sie die Stiftung „Solkatten“ (Sonnenkatzen) für behinderte Kinder. Dieser 14. November 1987 wurde zu einem nationalen Ereignis. In den Kinos konnten sich die Kinder kostenlos „Ronja Räubertochter“ anschauen. Astrids schwedischer Verlag Rabén & Sjögren hatte über 600 Gäste zu einer Feier geladen, darunter befanden sich der amerikanische und der sowjetische Botschafter, die jeweils Glückwünsche ihrer Präsidenten Ronald Reagan und Michail Gorbatschow übermittelten. Und: Astrid Lindgren erhielt an ihrem Ehrentag – wie die Königin der Tauben in „Die Brüder Löwenherz“ – eine lebende Friedenstaube überreicht. Zu all den Ehrungen meinte sie nur: „Es ist so, als ginge mich das alles nichts an. Ich bin geblieben, was ich schon immer war: ein Bauernmädchen aus dem småländischen Vimmerby."

„Ich habe alles erzählt"

Als Astrid Lindgren zehn Jahre später, 1997, ihren 90. Geburtstag feierte – immer noch bei guter Gesundheit –, meinte sie, nach ihrer Befindlichkeit gefragt: „Nun, ich bin mit den Tagen und Jahren ganz vergnügt, und ich sitze nicht da und weine und sage: ‚Oje, jetzt bin ich wieder einen Tag älter geworden!', sondern ich nehme das mit aller Ruhe. Ich habe alles erzählt, was ich erzählen möchte, musste, wollte. Eines Tages muss man doch aufhören!"[53]

Es sollte ihr noch beschieden sein, den 94. Geburtstag zu erleben. Reichlich zwei Monate danach, am 28. Januar 2002, ist Astrid Lindgren in Stockholm gestorben. Am 8. März, nach einem öffentlichen Gedenkgottesdienst in der schwedischen Hauptstadt, wurde sie in ihrem småländischen Geburtsort Vimmerby beigesetzt.

Ihr schwedischer Schriftstellerkollege Henning Mankell schrieb in seinem Nachruf: „Astrid Lindgren war eine der größten Erzählerinnen unserer Zeit. … Sie hat erreicht, wovon alle Schriftsteller träumen: ein riesiges Publikum von Kindern und jungen Menschen in der ganzen Welt, die durch ihre Erzählungen Kraft und Mut zum Leben und zum Erwachsenwerden bekommen. Ihre Unsterblichkeit liegt … in ihren Büchern, die heute und in Zukunft ihre Leserschaft haben und immer wieder haben werden."[54]

IV. Pippi Langstrumpf erobert die Welt – Astrid Lindgren: Werk und Wirkung

Der große Aufbruch der schwedischen Kinderliteratur begann vor sechzig Jahren mit Astrid Lindgrens „Pippi Långstrump“ – längst weltweit geliebt als „Pippi Langstrumpf“ (deutsch), „Gurab-baland“ (persisch), „Peppi Dlinnyjculok“ (russisch) oder „Ocham-na Pippi“ (japanisch), um nur einige Beispiele zu nennen. Heute ist Astrid Lindgren zwischen München und Moskau, zwischen Toronto und Tokio die wohl bekannteste schwedische Autorin. „Ihre Bücher werden in aller Welt gelesen. Die Lappenkinder in ihren Zelten im Norden, die Kinder im indischen Dschungel, in den israelischen Kibbuzim, in amerikanischen Luxusvillen wie in japanischen Bambushäusern, ja, Kinder aus aller Welt könnten zusammensitzen und sich über den ‚Sachensucher‘, über Pippis Spiel mit der Polizei, über die Pfiffigkeiten des ‚Meisterdektiv Blomquist‘, über ‚Karlsson vom Dach‘ und sein Frikadellenessen oder über ‚Michel in der Suppenschüssel‘ und seine Streiche amüsieren“[55], schrieb ihre Freundin Elsa Olenius.

Die Sprache der Kinder

Mit ihren Büchern, den Verfilmungen, Fernsehproduktionen und Bühnenbearbeitungen, den Musicals, Tonkassetten und Comics, die unter ihrem Namen entstanden, hat man Astrid

Lindgren als eine Goldader, ja als eine Art „Volvo der Kulturindustrie" bezeichnet. Ihr vielseitiges Werk und ihre mehr als zwanzigjährige Verlagstätigkeit haben nicht zuletzt auch die schwedische Kinderliteratur insgesamt geprägt. Das hohe Niveau der heutigen Publikationen für größere und kleinere Kinder ist zum großen Teil ihr zu verdanken. Schwedische Kinderbücher sind heute weltweit gefragt und zu einer begehrten literarischen Exportware geworden.

Astrid Lindgren fand, dass es in den Erzählungen für Kinder von „zahmen Eichhörnchen" nur so wimmele, Kinder aber mehr erwarten würden. Auch junge Leser sollten sich unterhalten, sollten lachen und sich aufregen. Diese Forderung hat sie in ihren Büchern bestimmt erfüllt. Sie hält ihre Leser mit Witz und Ernst, mit Spannung und Mitgefühl gefangen. Astrid Lindgren konnte sich ganz ins kindliche Wesen einfühlen, ihre Bücher sprechen die Sprache der Kinder. Das ist wohl der eigentliche Grund für ihren dauerhaften Erfolg. Für junge Leser funktioneren ihre Geschichten wie der „Kuckuck Lustig" in der gleichnamigen Erzählung: Er wird nur lebendig, wenn er mit den Kindern allein ist. Dann verlässt er seine Kuckucksuhr und fliegt munter durchs Kinderzimmer. Kaum betritt die Mutter den Raum, verschwindet er blitzschnell wieder in seiner Uhr und schlägt knallend das Türchen hinter sich zu.

Die Handlung mancher Geschichten ist einfach, aber Astrid Lindgrens Erzählkunst zieht einen jeden Leser – nicht nur Kinder – in ihren Bann. Sachte öffnet sich ein Tor zwischen dem Paradies des Spiels und der nüchternen Wirklichkeit. Auch der erwachsene Leser wird wieder zu einem „Spielenden". Nach Friedrich Schiller spielt der Mensch nur, wo er in voller Bedeutung des Wortes Mensch ist, und er ist nur da ganz Mensch, wo er spielt. Astrid Lindgrens Register ist breitgefächert, sie schwimmt mit den unterschiedlichen Stilen und Stimmungen ihrer Bücher meist gegen den Strom.

Bescheiden und bieder

„Das Jahrhundert des Kindes", 1900 von Ellen Key eingeläutet, hatte auch großen Einfluss auf die schwedische Kinderliteratur. Um diese Zeit kamen erstmals Bücher auf den Markt, die tatsächlich der kindlichen Seele entsprachen.

Das war bis dahin kaum der Fall gewesen, sollten doch Kinderbücher in erster Linie eine moralisch-religiöse Einstellung vermitteln und die guten Sitten fördern. Dennoch fanden sich unter den Autoren einige durchaus nennenswerte Literaten.

Der erste bedeutende Autor, der in schwedischer Sprache Märchen für Kinder schrieb, war Zacharias Topelius (1818-1898). Mit seinen Schöpfungen stellte er zeitweise sogar Hans Christian Andersen in den Schatten. Es sind oft arme Kinder, die sich aber freimütig und stolz geben, über die er schreibt. Meist sind sie fähig, aus eigener Kraft ihre Misere zu überwinden. Auch bei Astrid Lindgren finden sich Geschichten, die vom Los der Kinder „in den Tagen der Armut", zur Zeit der schwedischen Hungersnot erzählen.

Topelius war auch Herausgeber eines seinerzeit überaus populären „Lesebuchs für Kinder". Über dieses Buch schreibt die bekannte schwedische Literaturkritikerin Eva von Zweigbergk: „Nicht viele Länder haben ein so vollendetes nationalromantisches Text- und Bilderwerk für Kinder, wie es dieses Werk von Topelius darstellt."[56]

Bei vielen Kinderbuchautoren jener Zeit ging es allerdings, wie bereits ausgeführt, meist um alte Tugenden wie Bescheidenheit und Biederkeit. Kein Wunder, dass die meisten von ihnen mit dem Anbruch der Moderne in Vergessenheit gerieten. Eine Ausnahme bildet Anna Maria Roos (1862-1938), über die Astrids Schwester Inegerd ein Buch verfasst hat. Roos ist besonders durch ihre melodischen und einfachen Kinderlieder bekannt geblieben, die von Tieren und Blumen oder von der Wachparade vor dem Schloss erzählen.

Eine Önnemo-Stimmung

Wie Selma Lagerlöf wurde auch Anna Maria Roos gebeten, ein Kinderbuch für den Gebrauch der Volksschulen zu verfassen. Sie schrieb gleich zwei: In den beiden, auch sehr schön illustrierten Lesebüchern „Der Sörgården“ und „Önnemo“ von 1912 schilderte sie – freilich recht idyllisch – das Landleben der schwedischen Bauernfamilie. Es ist eine behagliche und bescheidene Welt, der schwierige bäuerliche Überlebenskampf wird meist ausgespart. Eltern und Kinder, Knechte und Mägde sind zufrieden und verhalten sich den ihnen vorgeschriebenen Rollen gemäß. Die sogenannten „Önnemo”-Bücher erreichten die für damalige Verhältnisse fast unglaubliche Auflage von eineinhalb Millionen Exemplaren. In Astrid Lindgrens „Bullerbü“-Büchern lebt etwas von der anheimelnden Önnemo-Stimmung weiter.

Ein Bilderbuch, das auch der kleinen Astrid einst Freude machte, war Elsa Beskows (1874-1953) „Hänschen im Blaubeerwald“. Es erschien erstmals 1901 und wurde zu einem großen Erfolg, der die Autorin auch im Ausland bekannt machte. Elsa Beskows farbenprächtige und phantasievolle Bilder der Natur entstanden aus einer Miniaturperspektive und sind botanisch genau beobachtet. Diese ihre Welt stimmt zwar mit den vorherrschenden pädagogischen Idealen überein, ungeachtet dessen aber fühlt sich die kindliche Phantasie hier wohl. Mit ihrer Natürlichkeit gelang es der Künstlerin, Kinder ganz unmittelbar zu erreichen.

Elsa Beskow hat über vierzig Bücher vorgelegt, von denen allein in Schweden dreieinhalb Millionen Exemplare verkauft worden sind. Auch heute erfreuen sich ihre Werke noch weltweiter Beliebtheit. Über sich selbst hat sie – Mutter von sechs Söhnen – einmal gesagt: „Ein übers andere Jahr kam ein Junge und ein übers andere Jahr kam ein Bilderbuch.“[57]

Zum bekanntesten Buch jener Zeit aber wurde „Nils Holgerssons wunderbare Reise mit den Wildgänsen“ von Selma Lagerlöf, erstmals erschienen im Jahr 1907.

Die Zeiten ändern sich

Das schwedische Kinderbuch der folgenden Jahre vermochte weder Jungen noch Mädchen ein echtes Leseabenteuer zu bereiten. Von der Jahrhundertwende bis zur Mitte des 20. Jahrhunderts war die Kinderliteratur neben Märchensammlungen meist von harmlosen Geschichten geprägt. Zu den wenigen Ausnahmen gehörte Gösta Knutssons ab 1939 erschienene humoristische Serie von Katzenbüchern „Moritz Stummel auf Abenteuer" (Pelle Svanslös på änentyr), die heute immer noch populär sind. Auch die finnlandschwedische Autorin Tove Jansson ging mit den von ihr selbst illustrierten „Mummin"-Büchern eigene Wege. Darin gibt es das Mummintal, bewohnt von verschiedenen Wesen, die wichtigste Gestalt ist die Muminmutter. Die neun „Mumin"-Bücher, zwischen 1945 und 1970 entstanden und in nahezu dreißig Sprachen übersetzt, sind voller Lebensweisheit und Humor; sie drehen sich letztlich alle um das Grundthema Ordnung und Chaos.

Natürlich fand auch in Schweden die Kinderliteratur aus dem angelsächsischen Raum großen Anklang, Bücher wie „Peter Pan" von J. M. Barrie, „Doktor Dolittle und seine Tiere" von Hugh Lofting oder „Pu der Bär" von A. A. Milne. Und natürlich „Alice im Wunderland" von Lewis Carroll, mit der klassischen Titelfigur der englischen „Nonsens-Literatur". Astrid Lindgren hatte das Buch in ihrer Jugend verschlungen und sich bereits damals an den parodistischen Sprachspielen Carrolls erfreut. Später hat man ihre Pippi auch mit Alice verglichen. Übrigens bedeutet das Wort „pippi" auf Schwedisch „verrückt". Ein grundlegender Unterschied zwischen Alice und Pippi besteht allerdings darin, dass Pippi mit ihren *verrückten* Einfällen die normale Alltagswelt durcheinanderbringt, während sich die *normale* Alice in eine durcheinandergeratene Welt voller Unsinn verirrt. Die spielerische Revolte gegen alles Autoritäre hatte in England schon während der viktorianischen Zeit eingesetzt. Vielleicht liegt hier einer der Gründe, warum „Pippi Langstrumpf" in der angelsächsischen Welt nicht der gleiche Erfolg beschieden war wie etwa in dem – bis in die fünfziger Jahre hinein – noch recht autoritätsgläubigen Deutschland.

Auch In Schweden hielt in den dreißiger Jahren eine neue kinderfreundliche Psychologie Einzug. Freuds und besonders Adlers Ideen erweckten breites Interesse. Die „Individualpsychologie" des österreichischen Arztes und Tiefenpsychologen Alfred Adler (1870–1937) sieht im Geltungs- und Machtstreben den Hauptantrieb menschlichen Verhaltens. Adler meint, wenn ein Kind ständig wegen seiner ungenügenden Leistungen bestraft werde, dann flüchte es in eine neurotische Scheinwelt und dünke sich den anderen überlegen. Daher sollten Erwachsene Kindern gegenüber weder ihre Überlegenheit ausspielen, noch sie verwöhnen, nur dann könnten sich die kindlichen „kompensatorischen Kräfte" in schöpferischer Weise entfalten. Adlers Ideen sind auch in die Figur der völlig freien und unabhängigen Pippi Langstrumpf eingeflossen. Das rebellische und respektlose kleine Mädchen erfüllt den kindlichen Wunschtraum, mächtig und stark zu sein, indem sie den Großen gründlich die Meinung sagt. Auch andere Gestalten aus Astrid Lindgrens Büchern setzten sich gegen eine gutgemeinte und strenge Erziehung zur Wehr, wie sie früher gang und gäbe war.

Für eine freie Erziehung

Bereits Ellen Key, der Astrid Lindgren einmal kurz begegnete, hatte sich zu Beginn des Jahrhunderts gegen Strafen und Benotung ausgesprochen. Key meinte, der schulische Lehrplan sollte einer Speisekarte gleichen, aus der Kinder nach ihrem jeweiligen Bedarf auswählen können. Die italienische Ärztin und Pädagogin Maria Montessori (1870–1950) wurde zur berühmten Nachfolgerin Ellen Keys. Nach Montessori entwickeln sich die kindlichen Kräfte nach einem verborgenen, aber festen „inneren Bauplan", der durch die Pädagogik gefördert werden soll. Für Maria Montessori wie für Astrid Lindgren spielte die Erziehung der Kinder zum Frieden die entscheidende Rolle.

Auch die Vorstellungen des Schotten A. S. Neill (1883-1973) haben in Schweden, wie auch in anderen westlichen Ländern, ihre Spuren hinterlassen. Er war von Sigmund Freud und Wilhelm Reich beeinflusst und gründete 1921 das Internat „Summerhill". Sein Versuch einer „repressionsfreien Erziehung" ohne Autorität und Zwang erweckte weltweites Interesse. Auch er glaubte – im rousseauschen Sinn – an die natürliche Güte des Menschen und befürchtete, eine hemmende Erziehung könne zur Ursache von Neurosen werden. Er plädierte dafür, dass Kinder in Freiheit lernen sollen, was und wann es ihnen gefällt. Neill gilt mit seinen Vorstellungen, dass Kinder sich ohne moralische oder religiöse Belehrungen „selbstregieren" sollten, als geistiger Vater der antiautoritären Erziehung. In Schweden versucht das Kinderdorf „Skå" etwas von diesen Idden umzusetzen.

Persönliche Auftritte und Besuche von Alfred Adler, A. S. Neill und Betrand Russell in Schweden hatten die Debatte über die Kindererziehung weiter belebt. Zum Hauptstreitpunkt wurde das Für und Wider der körperlichen Züchtigung in Schulen – die in Schweden erst im Jahr 1958 verboten werden sollte. Astrid Lindgren erinnerte sich mit Schrecken daran, wie eine Schulkameradin, die man des Diebstahls verdächtigt hatte, vor der ganzen Klasse geschlagen wurde. Auch der englische Philosoph Betrand Russell (1872-1970), der Astrid Lindgren beeinflusst hat, zeigte sich skeptisch gegenüber Strafen und fand es falsch, Kindern ein Schulwissen gegen ihren Willen aufzuzwingen.

Nur brave Mädchen

Diesem – hier nur knapp skizzierten – geistigen Nährboden ist die Gestalt der „Pippi Langstrumpf" entwachsen. Geistesgeschichtlich gesehen ist sie ein Kind jener Zeit, da man in den westlichen Demokratien intensiv die Grundsätze einer freien Erziehung diskutierte. Astrid Lindgren hatte sich immer für Erziehungsfragen interessiert. Für sie lag die Grundbedingung einer harmonischen Erziehung in der Geborgenheit. Sie fand aber, dass eine freie Erziehung und ordnende Richtlinien einander nicht ausschließen. Den Eltern sagte sie: „Fordert Eure Kinder nicht zum Zorn heraus! Behandelt sie mit derselben Rücksicht, die Ihr Euren erwachsenen Mitmenschen zwangsläufig zeigen müsst. Gebt den Kindern Liebe, mehr Liebe und noch mehr Liebe, dann kommt die Lebensart von selbst."[58]

Als Astrid Lindgren am 27. April 1944 die Erstfassung ihrer „Pippi Langstrumpf" an den Bonnier-Verlag schickte, berief sie sich in ihrem Begleitbrief auf Bertrand Russell. „Bei Bertrand Russell lese ich, dass der vornehmste Instinkt der Kindheit der Wunsch ist, erwachsen zu werden oder vielmehr der Wille zur Macht, und dass sich das normale Kind in der Phantasie Vorstellungen hingibt, die den Willen zur Macht beinhalten."[59]

Die schwedische Kinderliteratur war bis kurz vor Pippis Erscheinen immer noch von Moralismus durchdrungen, wie Ulla Lundqvist zutreffend feststellt. Und weiter: Da alle Bücher pädagogische Intentionen hatten, sollte die Sprache vorbildlich korrekt sein – und wirkte daher leicht gestelzt. Es gab in den Büchern fast nur prächtige Kinder, mit wenigen Fehlern, die sich aber leicht beheben ließen. Kamen einmal schlimme Kinder vor, dann waren es bestimmt keine Mädchen. Auch die Erwachsenen bewegten sich meist innerhalb der gesellschaftlichen Normen. Ulla Lundqvist fand nur ein einziges Buch, in dem eine berufstätige Mutter vorkam. Filme für Kinder und Jugendliche fehlten fast völlig. Unter den ersten Streifen, die dann in den späten vierziger Jahren gedreht wurden, finden sich gleich zwei Lindgren-Verfilmungen: „Meisterdetektiv Blomquist" (1947) und „Pippi" (1949).

Bibi und Pippi

Ganz aus der Reihe fielen allerdings die ab 1929 erschienenen „Bibi"-Bücher der deutsch-dänischen Autorin Karin Michaelis, die einige Ähnlichkeiten mit „Pippi" aufweisen. Die abenteuerlustige Bibi, die mit ihrer Freimütigkeit schockierend auf die bürgerliche Gesellschaft wirkte, war ein Novum in der damaligen Mädchenliteratur. Die 1950 verstorbene Karin Michaelis hatte sich im Ersten Weltkrieg aktiv für die deutsche Sache eingesetzt. Ihre Einstellung änderte sich nach der Machtübernahme durch Hitler. Nun half sie tatkräftig politischen Flüchtlingen aus Deutschland, unter ihnen Bertolt Brecht und Kurt Tucholsky. Daraufhin wurde die Publikation ihrer Bücher 1936 von den Nationalsozialisten verboten.

1995 ist „Bibi" nach über vierzigjähriger Vergessenheit erneut aufgelegt worden, in der Reihe „Göre bei Kore". Der Verlag warb dafür mit dem Slogan, Bibi sei die große Schwester von Pippi. In den zwanziger Jahren waren die vier Bände wahrhafte Weltbestseller. Man hatte sie innerhalb von zehn Jahren in dreiundzwanzig Sprachen übersetzt. „Bibi ist im Gegensatz zur zwanzig Jahre später entstandenen Pippi Langstrumpf – mit der sie sonst eine Reihe von Gemeinsamkeiten verbindet – eine durchaus realistische Figur, deren intensiv gelebte Individualität sich nicht im Phantastischen verliert."[60]

Die zehnjährige Bibi sprengt die engen Grenzen, die Mädchen zu dieser Zeit gesteckt wurden. Ihr Vater ist Stationsvorsteher, ihre verstorbene Mutter eine Gräfin. Sie hat auf allen Bahnstrecken freie Fahrt. Wenn sie die Reiselust überkommt, besteigt sie einen Zug und unternimmt ausgedehnte Fahrten, vor allem nach Deutschland. Ihren Vater verständigt sie nachträglich durch Briefe, die mit Rechtschreibfehlern gespickt sind. Für die Schule bleibt bei solcher Reiselust kaum Zeit. Ihre Phantasiegeschichten erinnern an Pippis Lügengeschichten. So stellt sie sich zum Beispiel vor, dass man in Indien, wenn ein neuer König gewählt wird, die Elefanten im Krönungszug vergoldet oder versilbert. „Aber wenn ihnen das Gold oder das Silber nicht abgewaschen wird, ehe sechs Stunden um sind, – dann sterben die Elefanten. So gefährlich ist es, vergoldet oder versilbert zu werden."[61]

Britt-Mari erleichtert ihr Herz

Im Herbst 1944 durchlebte Astrid Lindgren eine schwierige Phase. Offenbar machte sie eine schöpferische Krise durch, mit der sich, wie bei vielen Künstlern, eine neue Schaffensperiode ankündigte. „Reculez pour mieux sauter", wie es die Franzosen sagen. „Die vierziger Jahre bilden in ihrem Werk eine Art aufgestauten Strom, der über seine Ufer tritt und sich mehrere parallele Flussbetten sucht."[62] Krankheit, innere Unruhe und Sorge um ihre Familie bedrückten sie. Häufig hat sich Astrid Lindgren in jenen Tagen um ihre Familienangehörigen geängstigt. Die Figur des Vater Melcher in ihrem 1964 erschienenen Buch „Ferien auf Saltkrokan" spiegelt etwas von diesen besorgten Gefühlen wider. Wenn Melcher nachts nicht einschlafen kann, sagt er laut Gedichte auf, um sich selbst zu beruhigen. Auch wenn Astrid schrieb, zog sie sich wie auf eine Insel zurück, ins Reich ihrer Phantasie.

Im September 1944 hatte Astrid Lindgren, jetzt siebenunddreißigjährig, ihr Debüt als Schriftstellerin. Ihr Briefroman „Britt-Mari erleichtert ihr Herz" wurde bei einem Wettbewerb des Verlages Rabén & Sjögren für Mädchenbücher mit dem zweiten Preis ausgezeichnet. Dieser Preis ermutigte sie, das im Jahr zuvor abgelehnte Pippi-Buch nochmals zu überarbeiten. Zur Jury gehörten neben Marika Stiernstedt, bekannt durch ihr klassisches Mädchenbuch „Ulla Bella", auch die Kinderbibliothekarin Elsa Olenius und der Verleger Hans Rabén. Zum Wettbewerbssieger wurde Stina Lindbergs „Ingrid" gekürt. Für den zweiten Preis schlug Elsa Olenius „Britt-Mari erleichtert ihr Herz" vor. Sie glaubte, das Buch stamme von Barbo Alving, einer Starjournalistin bei „Dagens Nyheter". Der Verlag steckte in Finanznöten und hoffte, mit solcher Auszeichnung eine bekannte und werbewirksame Autorin zu gewinnen.

Der Vorschlag von Elsa Olenius wurde angenommen, aber die Enttäuschung war groß, als sich dann herausstellte, dass die Verfasserin, wie man damals meinte, nur eine „ganz gewöhnliche Hausfrau" war. Elsa Olenius erinnert sich: „Es zeigte sich, dass wir, ohne damals etwas davon zu wissen, die beste Autorin für unsere, nein für alle Kinder ausgewählt hatten." Eines Tages kam dann ein „zartes Geschöpf" zu Elsa Olenius in die Bibliothek, um die erbetene neue Abschrift des ersten Kapitels von „Britt-Mari erleichtert ihr Herz" abzuliefern. Astrid Lindgren „sah aus wie ein Vögelchen – mit einem strahlenden Lächeln."[63]

Mädchenbücher im flotten Stil

Nach den Richtlinien des Wettbewerbs sollten die eingereichten Mädchenbücher „die Liebe zu Heim und Familie, sowie Ernst und Verantwortungsgefühl im Verhältnis zum anderen Geschlecht" bestärken. Während der unsicheren Kriegsjahre war man bemüht, den jungen Lesern eine sittliche Lebenshaltung zu vermitteln. So lebt die Ich-Erzählerin in „Britt-Mari erleichtert ihr Herz" in einem mustergültigen Familienkreis. Aber der gewandte und flotte Stil, der leicht ironische Unterton, der die Bravheit eines Mädchenbuches fast zu parodieren scheint, trägt bereits unverkennbar Astrid Lindgrens Handschrift.[64] Auch ihr zweites Buch „Kerstin und ich", das 1945 herauskam, ist ein Mädchenbuch.

Es folgten – als weitere Werke dieses Genres – die drei „Kati"-Bücher, die zugleich Reiseberichte sind. Kati ist ein junges Mädchen, das mit einer leicht verschrobenen Tante zusammenwohnt. In „Kati in Amerika", dem ersten Band von 1950, fahren die beiden trotz der Vorbehalte von seiten der Tante nach den USA. Dort geschieht Unerwartetes: Die Tante verliebt sich, heiratet, und die Nichte kehrt allein nach Schweden zurück. 1952 erschien „Kati auf der Kapitänstraße", das später in „Kati in Italien" umgetauft wurde. Hier fährt das Mädchen zusammen mit einer Freundin in den sonnigen Süden und verliert dort ihr Herz an den jungen Schweden Lennart. Im Buch findet sich eine Stelle, die an Astrids eigene, schmerzliche Jugenderfahrungen erinnert. Sie schreibt, man könne nur allzu leicht in eine Ehe hineinschlittern, ohne davon überzeugt zu sein, dass man auch den richtigen Schritt getan habe. Im 1953 erschienenen letzten Band „Kati in Paris" erzählt Astrid Lindgren auch vom tiefen Glücksgefühl einer Mutter, die ihr Neugeborenes im Arm hält.

Ihr Realitätssinn lässt diese Empfindungen jedoch nicht überschwänglich werden. Die Mutter ist sich durchaus bewusst, dass dieser Augenblick der innigen Einheit vorübergehen wird. Schon mit der Geburt, so Lindgren, beginne der Prozess des Abschiednehmens, und jeder Tag werde die Trennung der beiden voneinander ein kleines Stückchen weiter vorantreiben. Das Buch endet mit einer Ansprache Katis an ihren kleinen Sohn: „Ich könnte mein Herzblut für dich geben, aber ich kann nicht eine einzige von den Sorgen wegnehmen, die dich erwarten. Und doch sage ich dir, mein liebes Kind: Die Erde ist die Heimat des Menschen, und sie ist eine wunderbare Heimat. Möge das Leben nie so hart gegen dich sein, dass du das nicht verstehst. Gott schütze dich, mein Sohn!"[65]

Die „Kati"-Bücher sind lebendig und leicht geschrieben, ohne oberflächlich oder kitschig zu werden.

Ein Bestseller fällt durch

Weltbekannt wurde Astrid Lindgren aber nicht durch ein klassisches Mädchenbuch, sondern durch ein – heute allerdings ebenfalls längst klassisches – „Anti-Mädchenbuch". Ihre neunjährige Pippi mit den roten Zöpfen, der Kartoffelnase voller Sommersprossen, den merkwürdigen Strümpfen und den chaplinesken Riesenschuhen ist völlig ausgeflippt und alles andere als ein braves Mädchen.

Nachdem Astrid Lindgren 1944 die erste Fassung ihres Buches an den Verlag Bonniers geschickt hatte, musste sie bange drei Monate auf Antwort warten. Das Verlagsgutachten über das „Nonsens-Buch", das dann schließlich am 20. Juli in Kopie bei ihr eintraf, klang insgesamt recht positiv. Der Lektor äußerte allerdings auch einige Vorbehalte gegen den manchmal gekünstelten Ton, dennoch empfahl er das Manuskript nach Überarbeitung durch die Autorin zur Herausgabe. Die Verlagsleitung folgte der Empfehlung freilich nicht, am 20. September traf bei Astrid eine Absage ein; immerhin in freundlich ermunterndem Ton.

Sie ließ sich davon nicht entmutigen und überarbeitete gut vierzig Prozent des Textes, einige Abschnitte fielen ganz weg, wie auch verschiedene Nonsens-Verse, deren literarische Anspielungen Kinder kaum verstehen konnten. Die Sprache wurde bündiger, das Erzähltempo rascher. Auch Pippis Charakter veränderte sich: Aus der streitsüchtigen Ur-Pippi wurde eine etwas weniger freche Neu-Pippi, ein Naturkind mit vielen guten Eigenschaften. Sie ist nun großzügig, überlegen, anspruchslos, phantasievoll und selbstsicher, vor allem aber begeht sie nicht die gleichen Dummheiten wie andere Menschen.

Im Herbst 1945 reichte Astrid Lindgren die neue Fassung, gemeinsam mit dem Manuskript von „Wir Kinder aus Bullerbü", im Rahmen eines zweiten Wettbewerbs bei Rabén & Sjögren ein. Hans Rabén, Gösta Knutsson und Elsa Olenius überzeugten die anderen Jurymitglieder, den ersten Preis an „Pippi Langstrumpf" zu vergeben, wegen der „Originalität, Spannung und dem absolut entwaffnenden Humor" des Buches.

Wie andere weltbekannte Kinderbuch-Figuren ist auch Pippi Langstrumpf ein Geschöpf der Autorin. Aber sie scheint auch ein lebendiges Vorbild zu haben: Sonja Melin, eine Freundin von Astrids Tochter Karin. Bei Kindergeburtstagen in der Dalagatan 46 spielten alle kleinen Freundinnen recht brave Spiele, bis auf Sonja. Als Astrid Lindgren das kleine, ausgelassene Mädchen mit den prächtigen roten Haaren beobachtete, dachte sie, die ist wie meine Pippi. Fünfzig Jahre später bot Sonja in den Stockholmer „Hötorgshallen" frisches Gemüse feil. Als Astrid Lindgren einmal an ihren Stand kam, hörte Sonja erstmals von ihrer Ähnlichkeit mit Pippi. Sonja Melin konnte das kaum glauben und erwiderte: „Ich weiß doch genau, Astrid, du selbst bist Pippi."[66]

Tausend Kronen für ein Kinderbuch

Im Frühjahr 1946 startete der Rabén-Verlag eine große Werbekampagne, dabei stellte Elsa Olenius „Pippi Langstrumpf" auch im Radio vor. Innerhalb von zwei Wochen wurden 21.000 Exemplare von „Pippi" verkauft. Bald darauf schuf Elsa Olenius eine Bühnenbearbeitung, die im „Medborgarhuset", dem Bürgerhaus, aufgeführt wurde. Das Textbuch gelangte rasch an Schulen und Theatervereine. Astrid Lindgren selbst hatte mit „Pippi Langstrumpf" zahlreiche Lese-Auftritte. Mit ihrem Durchbruch veränderte sich auch der Status der Kinderbuchautoren in Schweden insgesamt. Zum ersten Mal setzte „Svenska Dagbladet" den damals ansehlichen Preis von tausend Kronen für ein Kinderbuch aus – Astrids „Pippi" gewann ihn.

Pippi, die stärker als jeder Polizist ist und sogar Pferde hochheben kann, wurde oft als Machtmensch oder als Superkind bezeichnet. Astrid Lindgren selbst gebrauchte das deutsche Wort „Übermensch", das in der Regel mit Nietzsche in Zusammenhang gebracht wird: „Wenn ich überhaupt eine andere Absicht mit meiner Pippi gehabt habe, als zu unterhalten, so war es diese – dass man Macht besitzen kann, ohne sie zu missbrauchen; denn von allen Kunststücken im Leben ist gerade dies das allerschwerste. Überall wird Macht missbraucht. Jeder ist Herr über den Ärmeren und Schwächeren, das fängt schon bei den Kindern an und geht bis zu denen, die Reiche regieren. Aber Pippi, die ist großartig! Sie hat mehr Macht als irgendein Junge auf der Welt, und sie könnte Kinder und Erwachsene in ihrer Umgebung terrorisieren, aber tut sie das? Nein. Sie greift nicht eher hart zu, bis es wirklich nicht mehr anders geht."[67]

Es folgten noch zwei weitere Pippi-Bücher: 1946 „Pippi Langstrumpf geht an Bord" und 1948 „Pippi in Taka-Tuka-Land".

Die „Pippi"-Trilogie ist spannend und lustig zugleich geschrieben. Die Originalität liegt nicht so sehr in der Handlung als in der Sprache. In der Regel sind die Geschichten ähnlich aufgebaut: Einleitung – es ereignet sich etwas – man ahnt eine Bedrohung – Pippi greift ein oder vollbringt eine Großtat – Schlusseffekt. Ein allwissender Erzähler registriert und gibt wieder, was sich ereignet. Wie immer sich Pippi auch aufführen mag, der Erzähler enthält sich des Urteils. Missbilligende Kommentare stammen nur von den Erwachsenen.

Wann starb Karl XII.?

Die Pippi-Geschichten leben von der Satire und der Ironie, von einer Welt voller Unsinn. Wortschöpfungen und falsch gebrauchte Wörter werden zu einem Zerrspiegel für die konventionelle Erwachsenenwelt. Pippi liebt Übertreibungen und Lügengeschichten. Wenn jemand deren Wahrheitsgehalt anzweifelt, verlegt sie die Episode ans andere Ende der Welt und zeigt, dass Dinge, die uns befremden mögen, dort ganz natürlich sind. Ähnlich wie der tiefgründige deutsche Komiker Karl Valentin entwickelt das schlagfertige Mädchen eine absurde Logik, die das Klischeehafte in der Sprache entlarvt.

„Pippi Langstrumpf" ist ein ironisches Buch, das die konventionellen Hohlheiten und spießbürgerlichen Verengungen bloßstellt. Es wird daher auch immer wieder gerne von Erwachsenen gelesen. Astrid Lindgren hat sich durch Komiker und Witzblätter inspirieren lassen und mit ihrer Freude an Sprachspielen immer wieder neue Wörter erfunden. „Ihre Art zu reden weicht von der Norm ab. Die von den Kritikern drakonisch überwachte Sprache der Kinderliteratur hatte in erster Linie korrekt zu sein, sie sollte weder in der Schule, noch in ‚gebildeten' Familien Anstoß erregen. Bei Astrid Lindgren hingegen sind die Kinder in ganz neuer Weise aufmüpfig."[68]

Die Autorin von Pippi wendet sich besonders gegen die hochmütige, engherzige und besserwisserische Art, mit der Erwachsene oft Kinder behandeln. Wie etwa Fräulein Rosenblom, die Verhöre abhält, um herauszufinden, welche Kinder wirklich artig und fleißig waren. Die braven Kinder werden zwar belohnt, aber diejenigen, die leer ausgehen, fühlen sich öffentlich gedemütigt. Eltern verwenden das ältliche Fräulein als Schreckgespenst, damit ihre Sprößlinge gehorchen. Von Fräulein Rosenblom nach dem Todesjahr von Karl XII. befragt, antwortet Pippi: „Ach, ist der auch tot? ... Es ist doch zu traurig, wie viele Leute jetzt draufgehen. Und ich glaube bestimmt, dass das niemals passiert wäre, wenn er immer trockene Füße gehabt hätte." Als sie die völlig verängstigten Kinder sieht, die nun dran sind, Rede und Antwort zu stehen, greift Pippi ein. Sie fragt die Kinder einfach nach irgend jemandem, der gestorben sei, und alle können antworten: „Die alte Frau Petterson in Nr. 57 und Karl XII.".[69]

Leben in einem freien Land

Auch die raren Schulbesuche geben Pippi willkommene Gelegenheiten, die Erwachsen zu foppen. So will die Lehrerin etwa von ihr wissen, wieviel 8 plus 4 ist, und Pippi antwortet: „So ungefähr 67." Als sie darauf hingewiesen wird, dass 8 und 4 aber 12 macht, erwidert sie: „Nein, meine Liebe, das geht zu weit ... Eben erst hast du gesagt, 7 und 5 ist 12. Ordnung muss sein, selbst in der Schule."[70] Ihre Freunde lässt sie wissen, dass es in Argentinien streng verboten sei, Schulaufgaben zu machen. Pippi kommt auch ohne Schule gut zurecht und erfüllt damit sicher den geheimen Herzenswunsch vieler Kinder.

Das Mädchen aus der Villa Kunterbunt, am Rande einer schwedischen Kleinstadt, lebt mit ihrem Affen Herrn Nilsson und ihrem Pferd in einer freien Welt. Sie ist völlig ohne elterliche Kontrolle und kann tun und lassen, was sie will. Ihr Vater, ein Kapitän, mit dem sie über die Weltmeere gesegelt ist, regiert als „Negerkönig" irgendeine Südseeinsel, und die Mutter ist ein Engel im Himmel. Als man von Pippi wissen will, warum sie auf der Straße rückwärts gehe, fragt sie ironisch zurück: „Leben wir etwa nicht in einem freien Land? Darf man nicht gehen, wie man möchte?"[71] Pippi steht außerhalb der Gesellschaft und kommt sehr gut damit zurecht. Aber in all ihrer Unabhängigkeit ist sie auch ein einsames Kind. Hier hat das Pendel zwischen Geborgenheit und Freiheit ganz auf die Seite der Freiheit hin ausgeschlagen.

Auch ihre gewaltige Stärke kennt keine Hindernisse, wann immer sie ihre Kraft einsetzt, müssen sich die anderen beugen. Pippi besiegt einen Stier, einen Haifisch, einen Zirkusathleten und einen Einbrecher. Dabei ist sie ohne Falschheit und Tücke. Sie tritt offen und ehrlich auf, werden Kinder oder Tiere bedroht, dann schreitet sie ein. Schließlich sieht auch die Mutter der Nachbarskinder Thomas und Annika ein, dass die beiden am besten bei Pippi aufgehoben sind. Die kindlichen Leser identifizieren sich aber meist nicht mit der kleine „Hexe" Pippi und ihren magischen Fähigkeiten, sondern mit ihren „normalen" Gespielen Thomas und Annika.

Schlecht und preisgekrönt

Pippi hat aber auch Eigenschaften, die sie mit allen Kindern teilt: Sie liebt Schlagsahne, klettert gern auf Bäume und ist ein „Sachensucher". Sie öffnet mit ihren unbegrenzten Möglichkeiten das Tor zwischen Wirklichkeit und Märchenwelt und erfüllt kindliche Wunschträume. Das Mädchen, das immer mit den Füßen auf dem Kopfkissen schläft, begehrt zwar gegen die Erwachsenenwelt auf, aber es stürzt sie nicht um. Mit ihrem vielem Geld und ihrer Freigiebigkeit hilft sie indirekt sogar mit, die bestehende Ordnung aufrecht zu erhalten. Daher haben Marxisten an Astrid Lindgren kritisiert, sie würde Kinder zur Anpassung verleiten, statt sie zu einer Systemveränderung anzuspornen. „Pippi Langstrumpf entspricht dem Traum der Kinder von Aufruhr und Stärke, aber sie macht nie ernst mit dem Aufruhr. Sie stellt den Zusammenhang der Familie nie in Frage und kann nie anstößig wirken"[72], schrieb etwa Clas Engström.

„Pippi Langstrumpf" erregte nach dem Erscheinen sofort großes Aufsehen. Das Echo war meist positiv. Die Kritiker zeigten sich von der phantasievollen Geschichte gefesselt, lobten Pippis Güte und ließen sich von ihren aufrührerischen Zügen faszinieren. Allerdings entrüstete sich der „Hausfrauenverband" darüber, wie sich die freche rothaarige Göre beim Kaffeklatsch über Hausangestellte lustig mache. Pippi erzählt da vom Dienstmädchen Malin, die sich beim Servieren des Weihnachtsferkels gekräuseltes Papier in die Ohren und noch dazu einen Apfel in den Mund steckt. Sie hatte beim Lesen des Kochbuches nicht begriffen, dass diese Garnierung nicht für sie, sondern für das Ferkel bestimmt war.[73]

Bald aber setzte eine heiße Pippi-Fehde ein. Den Startschuss dazu gab der Professor, Philosoph, Psychologe, Literaturforscher und Pädagoge John Landquist. Er hatte sich durch die Werbetrommeln dazu verleiten lassen, seiner eigenen Tochter aus „Pippi Langstrumpf" vorzulesen. Was er las, ließ ihm die Haare zu Berge stehen – worauf er am 18. August 1946 mit dem Artikel „Schlecht und preisgekrönt" in der Zeitung „Aftonbladet" gegen Astrid Lindgren und ihr Werk zu Felde zog. Sie sei eine talentlose, unkultivierte Person und ihre Pippi abnorm und krank, hieß es da. Das ganze Buch weise einen Mangel an Kultur auf, sei geschmacklos und geradezu schädlich für kindliche Seelen.

Ein anarchistisches Wesen

Landquist empörte sich beispielsweise darüber, dass in einem Kinderbuch etwas so Ernstes wie eine Feuersbrunst vorkomme und über giftige Fliegenpilze gescherzt würde. Die Szene beim Kaffeekränzchen erinnerte ihn an „geisteskranke Phantasien oder krankhafte Zwangsvorstellungen". Plötzlich gab es bei verschiedenen Zeitungen negative Leserbriefe zuhauf, die Landquists Argumente wiederholten. Nun fand man auf einmal, Pippis Sprache sei vulgär und sie selbst liederlich und vorlaut. Pippi könnte die Kinder zu einer „Wirklichkeitsflucht" verleiten, hieß es. Die Diskussion wurde zunehmend gehässiger. Wieder entbrannte mit moralisierenden Argumenten der Streit um autoritäre oder freie Erziehung.

Die neue Sachlichkeit

War es Fügung oder Zufall, dass sich der deutsche Verleger Friedrich Oetinger im Jahr 1949 bei einer Schweden-Reise in „Pippi Langstrumpf" verliebte? Sein Verlag war damals noch auf Sozial- und Wirtschaftswissenschaft spezialisiert. In einer Buchhandlung in Stockholm stieß er auf ein Buch mit einem Mädchen mit „roten Zöpfen und verschiedenfarbigen Rutschestümpfen". Dem Buchhändler fiel das Interesse Oetingers auf, und spontan meldete er den fremden deutschen Herrn telefonisch bei Astrid Lindgren an. Wenige Minuten später saß Friedrich Oetinger der Schriftstellerin gegenüber und bat sie um eine Option für „Pippi Langstrumpf", die er auch bekam. Dank dieses „Best- und Longsellers" wurde in der Folgezeit aus dem Wissenschaftsverlag ein Kinder- und Jugendbuchverlag. Bei Oetinger sind auch die weiteren Bücher Astrid Lindgrens auf Deutsch erschienen. Zur Förderung deutscher Nachwuchsautoren hat der Verlag einen Astrid Lindgren-Preis für Kinderbücher gestiftet.

Im Nachkriegsdeutschland hoffte man damals – im Zuge der „re-education" –, durch die Begegnung mit internationaler Kinderliteratur bei der neuen Generation ein Demokratiebewusstsein zu erwecken. Allerdings wurde dieses Bemühen kulturpolitisch kaum gefördert, und Kinderbücher fanden bei den Literaturkritkern wenig Beachtung. Dennoch waren vierzig Prozent der jährlichen Neuerscheinungen auf diesem Gebiet Übersetzungen, heute sind es immer noch durchschnittlich dreißig Prozent. Veröffentlicht wurden meist recht harmlose, ja banale Bücher, von denen man sicher sein konnte, dass sie die Zensur passieren würden.

Eine der wenigen Ausnahmen bildete Erich Kästner, der auch international bekannt geworden war und das Werk Astrid Lindgrens zweifellos beeinflusst hat. Bereits sein erster Kinderroman von 1928 „Emil und die Detektive" – der autobiografische Züge trägt – ist in einem völlig neuen Ton geschrieben. Mit der realistischen Sprache seiner Figuren und seinem satirischen Humor brachte Kästner eine „neue Sachlichkeit“ in die Kinder- und Jugendliteratur des 20. Jahrhunderts. Dem Ideal des braven und gehorsamen Kindes setzte er junge Helden entgegen, die selbstständig, vernünftig und furchtlos dem Leben begegnen. Dabei nahm er Partei für die Hilflosen und Schwachen. Kästner wollte die Jugend über Missstände aufklären und ihr helfen, an einer „besseren Zukunft“ zu bauen. In seinem Vortrag „Jugend, Literatur und Jugendliteratur“, den er 1953 in Zürich hielt, sagte er: „Der Jugend kann in unserer desolaten Welt nur helfen, wer an die Menschen glaubt.“[74]

Ein Brief an Villa Kunterbunt

Im Jahr 1954 fand eine Begegnung zwischen Erich Kästner, Astrid Lindgren und der Engländerin Pamela Travers, Autorin von „Mary Poppins“, statt. Kästner schrieb darüber: „Sie [Lindgren und Travers] erkundigten sich, wie denn ich dazu käme, Bücher zu schreiben, die den Kindern in aller Welt gefielen. Und als ich sagte, bei mir läge es wohl daran, dass ich von dem Talent zehrte, mich meiner eigenen Kindheit anschaulich erinnern zu können, da stimmten beide Frauen lebhaft ein und sagten, genauso sei es bei ihnen auch ... nach ihrer Meinung entstünden gute Kinderbücher nicht, weil man Kinder habe und kenne, sondern weil man, aus vergangener Zeit, ein Kind kenne: sich selber.“[75]

Nachdem Oetinger 1949 „Pippi Langstrumpf“ herausgebracht hatte, wurde das Buch auch in Deutschland lebhaft und kontrovers diskutiert – und Astrid Lindgren wurde in kurzer Zeit auch hierzulande zu einer bekannten Autorin. Die Debatte hatte den gleichen Ursprung wie zuvor in Schweden. „Dass die öffentliche Reaktion für ein Kinderbuch ungewöhnlich heftig ausfiel, lag wohl an den gerade aufkommenden Ideen einer freieren, nicht autoritären Erziehung, für die der Inhalt des Buches ein geeignetes Diskussionsobjekt darstellte.“[76] Auch die Fraktion der deutschen Gegner teilte die Ansicht von Professor Landquist und hielt das Buch für „nicht empfehlenswert“. Einige Rezensenten befürchteten, dass die kindlichen Leser kaum in der Lage sein würden, die Grenze zwischen Wirklichkeit und Phantasie zu ziehen. Die Schriftstellerin Lisa Tetzner aber verteidigte Pippi und das Recht des Kindes auf Übermut vehement. In ihrer 1953 veröffentlichten „Liebeserklärung an Pippi Langstrumpf" hieß es polemisch: „Nun, das waren wirklich tolle und keineswegs alltägliche Geschichten. So war es wohl richtig, Dich von den Jugendschriftenlisten zu streichen und sich gegen Dich zu empören. Wenn nun unsere lieben, braven Kinder, mit denen wir uns soviel Mühe geben, genau so leben wollten wie Du? Wo kämen wir da hin? Unsere schöne Ruhe und Ordnung wären dahin."[77]

Zwischen Lob und Kritik

Man stellte damals zwar fest, dass Pippi mit ihren roten – mit Spucke geglätteten – Haaren ein erfrischender Gegenentwurf zur herkömmlichen Mädchenliteratur sei und nichts mehr mit dem blondgelockten Nesthäkchen seliger vergangener Tage gemein habe, zugleich aber gab es kritische Bemerkungen. Dazu Waltraud Henser: „Sollte die Traumwelt des Kindes, seine eigene Wirklichkeit, sich in solchen wilden Großartigkeiten tatsächlich erschöpfen? Man fand, dass das Buch oberflächlich und voller Übertreibungen sei."[78] Nach einiger Zeit gestand man dem Buch allerdings zu, es würde Kindern helfen, ihre aufgestauten und unbefriedigten Aggressionstriebe in harmloser und unschädlicher Weise abzureagieren.

Wenn auch besorgte Erwachsene das Buch ablehnten, „Pippi Langstrumpf" wurde in Deutschland von den Kindern sofort begeistert gelesen. Zehn Jahre später hatte sich das Buch dann auch hier endgültig durchgesetzt, wie es die hohen Auflagenzahlen bewiesen.

Auch in den Folgejahren aber gab es, trotz allgemeiner Anerkennung von Astrid Lindgrens Büchern, in der Bundesrepublik durchaus gemischte Stimmen. Gelobt wurde der Gedanke der ausgleichenden Gerechtigkeit ihres Werkes. Auch die Naturverbundenheit und die Zeitlosigkeit, die den Kindern Geborgenheit und Vertrauen ins Leben schenke, wurde geschätzt. Andererseits fand man, die Bücher seien unrealistisch, die Märchenfiguren blieben in ihren althergebrachten Rollen verhaftet und würden von sozialen Konflikten nicht berührt. Bei den „Bullerbü"-Büchern wurden „idyllische Harmonisierungstendenzen" bemängelt.[79]

Anläßlich der Verleihung des Friedenspreises des Deutschen Buchhandels an Astrid Lindgren im Jahr 1978 beurteilte man sie meist aus politischer Sicht und sah sie als „nette Schwedin", die ihre Leserschaft kaum zum Nachdenken brächte. Nicht alle waren begeistert, dass eine Kinderbuchautorin mit einem so gewichtigen Preis geehrt wurde. Astrids österreichische Kollegin Christine Nöstlinger – durch ihren „Gurkenkönig" bekannt geworden – meinte daraufhin, sie bekäme „Magenkrämpfe", wenn Kinderliteratur zu einem „pädagogischen Hilfsmittel" herabgesetzt würde. „Die ‚kindertümlich befassten Personen' lernen eben nie aus. Und sind – schön flexibel – immer in der Lage, sich dem Trend anzupassen. Zieht die ‚heile Kinderwelt' nicht mehr, verlangen sie ‚Phantasie', kommt die Phantasie in den Geruch der ‚Fluchttendenz', fordern sie ‚Lebenshilfe zur Bewältigung der Realität'."[80]

Astrid Lindgren hat sich selbst nie an dieser Debatte beteiligt, die sich ohnehin bald wieder beruhigte. Doch besorgte Pädagogen sollten sich auch weiterhin am anarchistischen Wesen Pippis, dieses „Kindes des Jahrhunderts", stoßen. Noch im Jahr 1980 stufte der Schwedische Kinderfilmrat eine Pippi-Verfilmung als „nicht empfehlenswert" ein, weil darin „grobe Schablonen und Vorurteile" vorkämen. Die schlimmste Kritik fand sich damals in einer dänischen Filmzeitschrift, die schrieb, der „sentimentale und zynische Film" sei voll mit „gefährlichen" Lügengeschichten, wodurch die Kinder völlig verwirrt würden. Astrid Lindgren meinte dazu lakonisch: „Da kann ich nur sagen: ‚Diese Dummköpfe', und mich nicht weiter darum kümmern."

Fünfzig Jahre nach dem Erscheinen erregte Pippi Langstrumpf, diese archetypsche Gestalt ungebrochener Lebensfreude, immer noch die Gemüter in Schweden. Nach dem Abdruck eines Artikels von Carin Stenstöm mit dem provozierenden Titel „Es ist an der Zeit, Pippi zu pensionieren…“ im „Svenska Dagladet“ vom 8. 3. 1995 brach erneut eine lebhafte Pippi-Debatte aus. In vielen Leserbriefen wurde Pippi allerdings vehement verteidigt, und damit auch Astrid Lindgren.

Stenström hatte geschrieben, fünfzig Jahre der Huldigung seien mehr als genug, Jahre, in denen Pippi das Verhalten in der Familie und in der Schule völlig auf den Kopf gestellt habe. Dieses freche Mädchen sei nichts als eine unsoziale und gefühlsgestörte Erscheinung, die sich weder anpassen noch entwickeln könne. Sie lebe in einer Phantasiewelt und verwende ihre große Kraft nur dazu, um die genannten Mängel zu kompensieren. Pippi würde mit „roher Gewalt“ andere in Schach halten oder sie mit ihrer völlig respektlosen Frechheit lächerlich machen. Die Scherze und Einfälle dieses „stehengebliebenen Kindes“ seien recht dürftig, und die Villa Kunterbunt nichts als eine Sackgasse.

Im Pippikult läge die Wurzel zu vielen Übeln der schwedischen Gesellschaft verborgen, meinte Carin Stenström. Heute wimmle es von zahllosen großen und kleinen Pippikindern, von einsamen Jugendlichen, denen die Fähigkeit zu tieferen Beziehungen abginge. Ihnen fehlte es an den grundlegenden Umgangsregeln und vor allem an Einfühlungsvermögen. Wie vor fünfzig Jahren für Pippi die Kraft ihrer Arme zur wichtigsten Eigenschaft geworden sei, werde heute in der Öffentlichkeit die Stärke der Muskeln und das Faustrecht verherrlicht. Bei einem solchen Vorbild brauche man sich nicht zu wundern, dass sich die schwedische Gesellschaft rückwärts statt vorwärts entwickelt habe. Außerdem diene Pippi vielen Eltern als Entschuldigung dafür, dass sie es versäumt hätten, sich um ihre Kinder kümmern und sie zu erziehen. Nun sei es wirklich an der Zeit, die „Pippi-Philososphie“ einer ewig anhaltenden Kindheit aufzugeben und den jungen Menschen klar zu machen, dass das Leben kein Spielzimmer sei.

Es kann kaum verwundern, dass Stenström damit heftige Erwiderungen provozierte. Als erste meldete sich schon wenige

Tage später, gleichfalls im „Svenska Dagbladet“, Eva Ström zu Wort. Sie schrieb, diese humorlose Kritik zeige, dass Stenström das Buch überhaupt nicht verstanden habe. Pippi sei das Gegenteil einer gewalttätigen Person und würde ihre Stärke nie missbrauchen. Und die Schwierigkeiten in der Gesellschaft rührten bestimmt nicht von Kindern her, die Pippi gelesen hätten. Sonst könnte man Pippi ja auch gleich für das Übel in vielen Dutzend anderer Länder verantwortlich machen, in denen das Buch erschienen sei. Es seien vielmehr die verlassenen und unterprivilegierten Kinder, denen niemals jemand ein Buch wie „Pippi Langstrumpf“ vorgelesen habe, die unter Angst litten und gewalttätig würden. Pippi stärke das Selbstvertrauen der Kinder und gebe ihnen ihre eigene Sprache. Daher sei die Villa Kunterbunt eine Heimstätte der Kreativität, in der man seine Möglichkeiten entfalten könne. Fazit: Stenström habe mit ihrem Angriff auf Pippi nur auf ihre eigenen autoritären Ansichten zur Kindererziehung aufmerksam machen wollen.

Die bekannte Kinderbuchautorin Camilla Grippe vertrat die Ansicht, Schaden habe nicht „Pippi Langstrumpf“, sondern vielmehr eine „reaktionäre und elitäre“ Kinderliteratur angerichtet. Wären die Menschen immer noch „folgsam“, wie es in solcherart Büchern zu lesen sei, hätte es kaum je Protestbewegungen gegen Krieg und Umweltzerstörung gegeben. Unter den Pippi-Lesern befänden sich „keinesfalls die schlechtesten Elemente“ der Gesellschaft. Wer Kindergeschichten so wörtlich auslege, der sollte sich doch auch gleich noch über das schlechte Vorbild des honigsüchtigen Bären „Pu“ empören.

Und Marie Louise Samuelsson zeigte sich erstaunt darüber, dass sich ein erwachsener Mensch wie Stenström über eine Phantasiegestalt wie Pippi so empören könne, als handle es sich dabei um einen lebendigen Menschen.

Doch verlassen wir diese Debatte aus dem März 1995. Nur zwei Monate später, am 15. Juni, feierte man in in Vimmerby den Tag, an dem vor fünfzig Jahren „Pippi Langstrumpf“ erstmals erschienen war. Astrid Lindgren erinnerte sich bei dieser Gelegenheit, wie sie damals, als sie das erste Exemplar in den

Händen hielt, das Buch erneut Kapitel für Kapitel durchgelesen hatte. Ihr Mann Sture habe sie dabei beobachtet und gefragt, warum sie denn überhaupt nicht lache. Als sie ihm sagte, sie fände es eben nicht komisch, habe er nur erwidert: „Du hast eben keinen Humor."

Von wegen! Von Astrids Humor auch im Alltag zeugen viele Begebenheiten. Die folgende etwa hat sie selbst einmal einem Interviewer erzählt: Kürzlich habe sie in Vasaparken ein Mann angesprochen und gefragt: „Ist das wirklich Astrid Lindberg?" Und sie habe ihm geantwortet: „Nein, das ist sie wirklich nicht."

Wie Moses durch das Rote Meer

Inzwischen hat Astrid Lindgren längst ihren festen Platz auch in den deutschen Kinderzimmern gefunden. Margareta Strömstedt meint sogar, sie sei in Deutschland noch angesehener als in Schweden. Ihr Erfolg sei hier so groß, dass sie fast schon wie eine Heilige verehrt würde. Neben der Lektüre ihrer Bücher können die deutschen Kinder Astrids Geschichten auf mehr als zwanzig verschiedenen Sprechkassetten hören. Mehr als vierzig Schulen hat man nach ihr benannt. Und Willy Brandt hat sie gerne zitiert, weil er sich ihrer Popularität sicher sein konnte.

Während vieler Jahre hingen am schwedischen Stand auf der Frankfurter Buchmesse riesengroße Porträts von Astrid Lindgren. Als sie einmal die Messe besuchte, war sie einigen ausländischen Kollegen behilflich, sich unter den ausgestellten Kinderbüchern zurechtzufinden. Dabei stand sie bescheiden und unerkannt unter ihrem eigenen enormen Konterfei. Die Kollegen erkannten die populäre Autorin erst, als sie kurz darauf durch die Menschenmenge ging, die sich vor teilte, wie einst das Rote Meer vor Moses. Als sie in den sechziger Jahren einmal in einer Schule vorlas, klappte sie aus Versehen das Buch zu. Die andächtig lauschenden Kinder konnten daraufhin mühelos den unterbrochenen Satz beenden. In der Begründung zur Verleihung des „Friedenspreises des Deutschen Buchhandels" hieß es, ihre Bücher würden „Kindern in aller Welt als unverlierbaren Schatz die Phantasie schenken und ihr Vertrauen zum Leben stärken".

Fifi Brindacier

In Frankreichs eher kühlem intellektuellen Klima ist Astrid Lindgren mit ihrer Offenheit, ihrer Schnoddrigkeit, ihrem Humor und ihrem spontanen Lachen hingegen nicht richtig angekommen.[81] Französische Kinderbuchklassiker wie „Der kleine Prinz" oder „Babar" bewegen sich in einer poetischen Landschaft. Sie sind meist auf der Sentimentalität der Erwachsenen gegründet oder spiegeln deren pädagogische Lust wider. Da das typisch Kindliche nicht sehr hoch eingeschätzt wird, findet sich in französischen Kinderbüchern auch wenig echte Kindlichkeit.

Für die kleinen Franzosen heißt Pippi „Fifi Brindacier". Die französischen Lektoren meinten, einiges an dem Buch verändern zu müssen. So wurde ein Drittel des Textes als „ungeeignet" gestrichen. Übrig blieb Pippi als vorlautes kleines Mädchen, das etwas von seinem klugen und souveränen Wesen eingebüßt hat. Die französische Pippi darf keine Scherze mit den Polizisten treiben, auch die Szene der Kaffeetafel mit den „feinen Damen" erschien wohl als zu anstößig und wurde weggelassen. Das Pferd schrumpfte zu einem Pony, weil man es für unwahrscheinlich hielt, dass ein Kind ein Pferd stemmen könne. Dazu meinte Astrid Lindgren trocken: „Zeigt mir das französische Kind, das ein Pony tragen kann." Und wer dazu in der Lage sei, der könne bestimmt auch eine ganze Torte in sich hineinlöffeln, fügte sie hinzu.

Kaum verwunderlich also, dass „Pippi Langstrumpf" in Frankreich zunächst nur geringer Erfolg beschieden war. Erst 1979 gelang Astrid Lindgren hier der Durchbruch mit „Michel von Lönneberga" – trotz erneut vorgenommener Änderungen: Michel wurde zu einem kleinen lispelnden Siebenjährigen gemacht, mit ziemlich banalen Jungenstreichen. Dass er ein ganz ungewöhnlicher Junge ist, der es bis zum Gemeindepräsidenten bringen wird, kann folglich niemand ahnen.

Als bestes Lindgren-Buch gilt in Frankreich „Rasmus und der Landstreicher". Kein Wunder, denn in diesem – und nur in diesem – Fall folgt die französische Übersetzung exakt dem schwedischen Original.

Wie die Sonne scheint...

Zusammen mit „Pippi Langstrumpf" hatte Astrid Lindgren 1945 „Die Kinder von Bullerbü" an Rabén geschickt. Das Buch wurde nicht ausgezeichnet, aber dennoch 1947 erstmals veröffentlicht.

Hier beschreibt Astrid Lindgren die ungetrübte Idylle einer Kindheit, die seither Kinder auf der ganzen Welt anspricht. In Bullerbü ist alles harmonisch, ernste Probleme tauchen kaum auf. Der genial einfache Stil vermag auch erwachsene Leser zu fesseln und in die eigene Kindheit zurückzuversetzen: „Es war schönes Wetter. Wir saßen an der Uferkante und sonnten uns. Und Lasse sagte: ‚Uh, wie die Sonne scheint!' Da lachte Ole und sagte: ‚Uh, wie die Vögel zwitschern!'"[82]

Im Jahr 1949 schrieb Astrid Lindgren das Folgebuch „Mehr von uns Kindern aus Bullerbü", 1952 schloss sie die Reihe mit „Immer lustig in Bullerbü" ab. Hauptpersonen der „Bullerbü"-Bücher sind sechs Kinder auf drei Höfen. Sie erleben, was Kinder zu allen Zeiten erleben. Es werden keine großen dramatischen Dinge geschildert, sondern ganz alltägliche Begebenheiten. Alles macht Spaß, und selbst die Arbeit verwandelt sich in Spiel. „Wir Kinder von Bullerbü habe es Weihnachten so wunderbar schön. Wir haben es natürlich auch sonst schön, im Sommer und im Winter, im Frühling und im Herbst. Oh, wie haben wir es schön in Bullerbü!"[83]

Die eigenwillige Lotta

Auch in „Die Kinder aus der Krachmacherstraße“ (1958) erlebt die Hauptperson, die dreijährige Lotta, ganz alltägliche Dinge. Die kurze Erzählung „Lotta zieht um“ (1961) sprach Ingmar Bergman so an, dass er sogar mit dem Gedanken einer Verfilmung spielte. Bergman: „Die Geschichte hat die gleiche Sprengkraft wie eine antike Tragödie mit großen Gesten und heftigen Gefühlsausbrüchen. Gleichzeitig ist sie erfüllt von einer zarten Sensibilität.“[84] Doch sein Plan blieb unausgeführt. Erst 1994 schuf dann Johanna Hald einen erfolgreichen Film nach „Lotta zieht um“.

Die Geschichte selbst ist rasch erzählt: Lotta gerät über einen kratzigen Pullover so in Wut, dass sie in die Rumpelkammer von Tante Berg auszieht. Bis sie der Vater bei Einbruch der unheimlichen Nacht höflich bittet, wieder zurückzukommen. In knappster Form hat Astrid Lindgren hier das Spannungsfeld zwischen Trennungsangst und Versöhnung, zwischen Abhängigkeit und Liebe eingefangen. Eltern können lernen, behutsam mit der kindlichen Eigenwilligkeit und dem Wunsch nach Eigenständigkeit umzugehen. Wenn sich mehr Erwachsenen entsinnen könnten, wie sie in der Zeit ihrer Kindheit empfunden haben, dann würden neue Generationen bestimmt in einer kinderfreundlicheren Welt aufwachsen.

Viele kleine Blomquists

Ein Genre, das Astrid Lindgren ebenfalls souverän beherrschte, ist die Detektivgeschichte. Im Jahr 1946 erschien „Meisterdetektiv Blomquist“, der in sein Notizbuch ständig „verdächtige Personen“ und „besonders verdächtige Umstände“ einträgt. Astrid hatte sich mit diesem Buch letztmals an einem Wettbewerb beteiligt – und den ersten Preis für Jugendkrimis gewonnen. In den Jahren 1951 und 1953 ließ sie noch zwei weiter „Blomquist“-Bücher folgen. Die Geschichten spielen in einer sommerlichen Kleinstadtidylle – wo „nichts“ passiert , und Kinder dennoch während ihrer Sommerferien auf Verbrecherjagd gehen.

Es gibt zwei Spielgruppen, die roten und die weißen Rosen, die einander bekämpfen. Sie jagen einen Juwelendieb, der ein richtiger Schurke ist. Im letzten Band werden sie mit einem gefährlichen Kidnapper konfrontiert. Die Kinder sind mutig und voller Abenteuerlust, aber sie erscheinen nicht als Helden. Bei „Kalle Blomquist lebt gefährlich“ bricht Astrid Lindgren das ungeschriebene Gesetz, dass in Kinderbüchern keine Morde vorkommen sollten: Ein Wucherer wird von einem verzweifelten Kunden umgebracht. Der Kontrast zwischen der vordergründig heilen Welt und dem Bösen und der Gefahr, die im Verborgenen lauern, erinnert an die meisterhaften Spannungseffekte eines Alfred Hitchcock.

Durch die „Blomquist“-Bücher wurde in Schweden sogar die Zusammenarbeit von Jugendlichen und Polizei gefördert. Seither nennt man die kleinen Helfer von Polizisten „Blomquists“. Als Astrid Lindgren im Rundfunk aus ihren Blomquist-Bücher las, wurde sie endgültig in ganz Schweden bekannt.

Das kleine, graue Haus

„Rasmus und der Landstreicher“ (1956) ist zwar kein Krimi, aber es kommen zumindest in der Nebenhandlung gefährliche Räuber und spannende Situationen vor. Zentrales Thema ist die Freundschaft zwischen einem kleinen Waisenjungen und einem Vagabunden. Dem einsamen Rasmus, der im Waisenhaus von Västerhaga aufwächst, erscheinen eigene Eltern als Inbegriff des Glücks. Der kleine Junge entflieht dem Heim und trifft auf Oskar den Landstreicher. Als die beiden vor dem strömendem Regen Zuflucht in einem leeren und verlassenen Haus suchen, erträumt sich Rasmus ein Zuhause: „Er konnte Oskar nichts darüber sagen, dass er so tat, als hätte er eine richtige Wohnung. Und Oskar wurde für ihn zu einem reichen Kaufmann, mit einer verreisten Frau mit Federhut."[85] Nach verschiedenen Abenteuern sieht es dann so aus, als sollte der kleine Junge endlich genau die Eltern finden, nach denen er sich im Waisenhaus so gesehnt hat. Wohlhabende Bauersleute werden im Heim erwartet, die ein Kind adoptieren wollen.

Doch es kommt alles ganz anders. Aus Dankbarkeit und Liebe wählt sich Rasmus am Ende Oskar, den Habenichts, zum Vater – der reiche Bauer auf Stensätra kommt ohnehin nicht in Frage, denn im Waisenhaus in Västerhaga werden nur „blond gelockte Mädchen" zur Adoption ausgesucht. Für einen Jungen wie Rasmus hat sich niemand interessiert. Oskar der Landstreicher aber ist der erste Mensch, dem er etwas bedeutet. Jedes Kind, im Grunde jeder Mensch, möchte seinen Platz im Leben finden und nicht zu einer austauschbaren Nummer werden. Der kleine Rasmus hat früh erfahren, dass solche Dinge wichtiger sind als Reichtum oder Schönheit.

Rasmus wird mit Oskar und seiner Frau Martina ein kleines, graues Haus bewohnen. „Die Balken waren alt und blankgewetzt, fast wie Seide. Es war so hübsch. … Was war das doch für ein feines Haus! Er streichelt schüchtern die groben Balken. Mit seiner kleinen, mageren, schmutzigen Hand streichelt Rasmus das Haus, das seine Heimat werden sollte." Diese Stelle zeigt, wie Astrid Lindgren mit wenigen Sätzen, einer Aquarellmalerin ähnlich, Stimmungen festzuhalten und in unvergessliche Sprachbilder umzusetzen weiß. Für viele einsame Kinder, auch für „Waisenkinder mit Eltern", ist das „kleine graue Haus" seitdem zum Sinnbild eines Zuhauses geworden.

Für dieses Buch wurde ihr 1958 in Florenz die Hans-Christian-Andersen-Medaille, die höchste internationalen Auszeichnung für Jugendbücher, verliehen. Auch in Italien gibt es viele begeistere Lindgren-Leser, mehr als dreißig ihrer Bücher liegen dort in Übersetzung vor.

Zu den Geschichten, die im Alltag angesiedelt sind, gehört auch „Madita" (1960), im schwedischen Original „Madicken". Zu dieser Figur stand, wie bereits erwähnt, Astrids Freundin Anne-Marie Modell, aber es sind auch einige Züge von ihr selbst eingeflossen. Vorbild für die Elisabet war ihre jüngere Schwester Stina.

Auch die „Michel von Lönneberga"-Bücher (1963, 1966, 1970) haben einen realen Hintergrund. Ein Chronist berichtet über das Leben auf Katthult, über ausgelassene Viehmärkte, verzwickte Glaubensverhöre und üppige Festessen. Im schwedischen Original heißt es „Emil von Lönneberga", aber mit Rücksicht auf Erich Kästners „Emil"-Bücher wurde in den deutschen Ausgaben der Name des Titelhelden in Michel geändert. Dabei wollen wir es auch im folgenden Abschnitt belassen.

Der småländische Michel

Michels Mutter schreibt den ganzen Unfug ihres Sohnes gewissenhaft in ihren blauen Schreibheften auf. Für den sparsamen Vater stellt das nichts anderes als eine Vergeudung von Bleistiften dar. Diese Tagebücher werden zu einer Art historischen Quelle. „Das Tempo der Burleske, die Komödientypen (der Vater ist vom Schlage eines Molièreschen Geizigen), die ahnungslose Mutter als Tagebuchschreiberin – all das ergibt zusammen eine unschlagbar komische Mixtur."[86] Mit seinem Einfallsreichtum stellt Michel die geordnete småländische Welt Tag für Tag auf den Kopf. Und regelmäßig wird er zu Strafe für seine Streiche in den Tischlerschuppen gesperrt, wo er über die Zeit mehr als hundert Holzmännchen schnitzt.

Bei der Arbeit an der „Michel"-Triologie wurde ihr Vater Samuel August für Astrid Lindgren zum „wandelnden Lexikon" für die Gepflogenheiten, Schnurren und Schwänke des „ungehobelten" Bauernvolks. Er selbst hatte in seinem „Schlingelalter" – wie Michel – für einige Öre die Gatter für einen Bauern geöffnet, oder in einer einzigen Augustnacht hunderte von Krebsen gefangen. Ob auf Jahrmärkten, bei Versteigerungen oder beim Katechismusverhör zu Hause, Samuel August hatte sich einst als ebenso gewandt erwiesen wie nun der kleine Junge aus Lönneberga.

Ähnlich wie die bekannten „Lausbubengeschichten" von Ludwig Thoma stehen auch die Michel-Bücher in der Tradition der Schelmengeschichte. Thoma entlarvt dabei mit seinem kritisch-satrischen Stil die Überheblichkeit und Beschränktheit der Erwachsenen. Obwohl aus der Sicht eines Jungen erzählt, sind seine „Lausbubengeschichten" allerdings nicht für Kinder geschrieben.

Mit ihrem Michel-Geschichten fiel Astrid Lindgren in den sechziger Jahren aus dem Rahmen, denn damals schrieb man in Schweden meist ernsthafte, vornehmlich sozialkritische Kinderbücher. „Die schwedischen Autoren dieser Jahre ließen kaum etwas aus, was an Rebellion Jugendlicher gegen die Elterngeneration denkbar wäre, angefangen vom Streik im Kindergarten bis hin zur Sexparty im elterlichen Haus."[87] Aber Astrid Lindgren hatte sich noch nie um modische Trends gekümmert. Der Humor, mit dem sie von Michels Streichen erzählt, bringt Kinder und Erwachsene gleichermaßen zum Lachen. Wie schon bei Pippi finden sich Elemente von Slapstick und Parodie, von Wortspiel und Nonsens. Die Geschichten scheinen mit leichter Hand hingeschrieben zu sein, dahinter aber verbirgt sich die ausgeklügelte Erzähltechnik von Astrid Lindgren.

Ein kleiner dicker Onkel

Grotesk und voller Witz sind auch die Geschichten über „Karlsson vom Dach" (1955, 1962, 1968), die sowohl im realen Stockholm als auch in einer Phantasiewelt angesiedelt sind. Der dicke Karlsson bewohnt ein kleines Häuschen, das oben auf einem Dach steht, versteckt hinter einem Schornstein. Karlsson mit seinem eingebauten Propeller taucht im Leben des kleinen Jungen Lillebror auf, wann immer es ihm gerade in den Sinn kommt. Er ist ein unausstehlicher Typ und verkörpert die unangenehmen Eigenschaften, die in uns allen schlummern, die wir aber gern verdrängen. Der „beste Karlsson der Welt" ist egoistisch, rücksichtslos und hemmungslos, stur, er gibt an, lügt und betrügt.

Dazu ist er launisch, entweder quietschfidel oder tieftraurig und meist bockig. Aber er ist auch ein guter Freund.

Karlsson wirkt zwar wie ein kleiner dicker Onkel, ist im Grunde jedoch viel kindlicher als der siebenjährige Lillebror. Seine selbstherrliche und schillernde Persönlichkeit steht im Kontrast zur ganz gewöhnlichen Familie Svantesson. Die ganze Borstigkeit von Karlsson zeigt sich in seinen Anworten, die voller Widersprüche sind und dabei auf eine unerwartete Art logisch. Er zeigt, dass es nicht immer so einfach ist, auf Fragen mit ja oder nein zu antworten. Sicher gefällt es kleinen Lesern, dass der „allergescheiteste Karlsson der Welt" nicht genau weiß, wie man Begriffe richtig anwendet. Aber er ist schlagfertig und liebt es, neue Wörter zu erfinden. Will er jemanden richtig ärgern, dann nennt er das „tirritieren", „figurieren" und „schabernacken". Manche seiner Ausprüche wie „Das stört doch keinen großen Geist!" sind inzwischen zu geflügelten Worten geworden.

In den drei „Karlsson"-Bänden wächst Lillebror innerlich und übernimmt langsam immer mehr Verantwortung für seinen dicken Freund. Karlsson spornt Lillebror ständig an, alle möglichen Verbote zu übertreten. So sammelt der kleine Junge immer wieder neue Erfahrungen und erweitert seinen Horizont. Wie Pippi entwickelt sich der herrlich-schreckliche Karlsson nicht weiter, er bleibt immer der gleiche. Manch einer wünschte sich, so einen Kobold bei sich zu haben, dem er alles Mögliche in die Schuhe schieben kann. „Es gibt keine Kinderbuchfigur, die ich so liebe wie den gefräßigen, selbstherrlichen, eigenwilligen, gerade richtig dicken Mann in seinen besten Jahren; den besten Ausdenker der Welt, den besten Dampfmaschinenaufpasser der Welt, den besten Tortenesser der Welt: den Karlsson vom Dach"[88], schreibt Christine Nöstlinger.

Die Russen lieben Karlsson

Was für die deutschen Kinder Pippi ist, das ist für die kleinen Russen Karlsson vom Dach. Millionen von Kindern in der ehemaligen UdSSR und heute in Russland haben Astrid Lindgrens Bücher gelesen. Allein von „Karlsson“ wurden dreieinhalb Millionen Exemplare verkauft, auch die anderen Hauptwerke Lindgrens sind in sämtliche Sprachen der Sowjetunion übersetzt worden. Astrid Lindgren wurde 1987 als erste Autorin mit dem Leo-Tolstoi-Preis ausgezeichnet. Der schwedische Kulturattaché Beng Eriksson, der bei der Verleihung zugegen war, meinte, Astrid Lindgren würde in der Sowjetunion zu den großen internationalen Schriftstellern zählen. Besonders gelobt wurde, in welcher Weise sie Kindern Liebe und Güte vermittle.

Als 1960 in Moskau eine Bühnenbearbeitung des „Karlsson“ aufgeführt wurde, schrieb die „Literaturnaja Gaseta“ von einem „Symbol für eine unschuldige, unverdorbene Kindheit – eine Kindheit, an die wir uns kaum erinnern oder die wir nicht akzeptieren können.“ Und in der „Iswestija“ war zu lesen, die „Zauberin aus Schweden“ sei für alle Kinder in der Welt eine gute Freundin und eine kluge Erzieherin. Ende der achtziger Jahre haben auch politische Größen wie Michail Gorbatschow den „besten Karlsson der Welt“ gepriesen – ganz im Gegensatz zu einigen marxistischen Literaturforschern Schwedens. Für diese humorlosen Marxisten verkörperte Karlsson einen „Privategosismus“, mit den typisch bürgerlichen Triebkräften von Rücksichtslosigkeit und Selbstbehauptung. Sie meinten, es ginge Astrid Lindgren mit ihren aufrührerischen Gestalten wie Karlsson, Pippi oder Michel zwar um die Umverteilung von Macht, aber unter den gleichen menschenfeindlichen Bedingungen wie in der kapitalistischen Erwachsenenwelt.

In Russland ist Karlsson selbst Taxi-Chauffeuren ein Begriff. Als der russische Botschafter in Schweden, Boris Pankin, Astrid Lindgren einmal erzählte, es gäbe in jedem russischen Haushalt zwei Bücher: die Bibel und „Karlsson vom Dach“, erwiderte sie sehr pointiert: „Wie interessant, ich hatte keine Ahnung, dass in Russland die Bibel so verbreitet ist.“ Man erzählt, dass Russen, denen ein schwedischer Geschäftsmann namens Karlsson vorgestellt wird, oft kaum das Lachen unterdrücken können.

Als der schwedische Ministerpräsident Ingvar Carlsson im

April 1986 nach Moskau kam, sagte ein kleiner russischer Junge voll Bewunderung: „So, so, er hat es sogar zum Ministerpräsidenten gebracht..." Ingvar Carlsson selbst äußerte einmal: „Ich bin viel gereist, aber wo immer ich hinkomme, Pippi Langstrumpf ist schon vor mir dagewesen."

In Japan ist Astrid Lindgren so populär wie Selma Lagerlöf und Lewis Carroll. Ihre Bücher wurden dort seit 1964 übersetzt. Großes Interesse bei den jungen japanischen Lesern fanden und finden besonders „Pippi Langstrumpf", „Die Brüder Löwenherz" und „Ronja Räubertochter". Ähnlich wie in Schweden und in Deutschland zeigte man sich allerdings auch in Japan zunächst über die „abartige" Pippi schockiert.

Ein Däumling zieht ein

In ihren frühen Werken schilderte Astrid Lindgren meist die sichere und heitere Welt ihrer eigenen Kindertage. Später folgten Erzählungen, in denen sie auch vom traurigen Los kranker, einsamer und ängstlicher Kinder berichtet, wie in ihren Märchen „Nils Karlsson-Däumling" und „Im Land der Dämmerung" (im Original: „Im Wald sind keine Räuber",1949) oder in den Märchen- und Sagenromanen „Mio, mein Mio" (1954) und „Die Brüder Löwenherz" (1973). Astrid Lindgren hatte in ihrer Jugend selbst eine schwere Zeit durchlebt, als sie gezwungen war, sich von ihrem kleinen Sohn zu trennen. Daher konnte sie sich besonders gut in Kinder einfühlen, die auf der Schattenseite des Lebens stehen. In vielen ihrer Erzählungen werden die Grenzen durchlässig, die unsere ganz alltägliche Welt vom phantastischen Märchenreich trennen.

Eindrücklich schildert sie zum Beispiel in „Nils Karlsson-Däumling" das triste Los des armen Schlüsselkindes Bertil, das sich in seiner ungeheizten Wohnung ganz verlassen vorkommt. Der kleine Junge findet das Alleinsein kein bisschen nett. Tränen laufen über sein Gesicht, seit dem Tod seiner Schwester Märta erscheint ihm alles nur mehr traurig und langweilig,

Gerade in dem Augenblick, als die Verzweiflung ihn zu überwältigen droht, hört er kleine trippelnde Schritte unter dem Bett. Er sieht den winzigen Nils Karlsson-Däumling, der von einer Baumwurzel im Birkenwald in eine ärmliche Stadtwohnung, das heißt in ein Rattenloch gezogen ist. Für Bertil öffnet sich eine völlig neue Welt. Jetzt braucht er nur auf einen Nagel vor der Rattenwohnung zu drücken und „Killevips" zu sagen, und schon wird er so winzig wie sein neuer Freund. Nils, der Däumling, ist noch schlechter dran als das einsame Schlüsselkind, und Bertil kann für ihn sorgen. Er erwärmt mit abgebrannten Streichhölzern die winzige Wohnung und kocht ihm etwas. Die Behausung ist mit Puppenmöbeln der verstorbenen Schwester eingerichtet. Das Schönste aber ist: Von nun hat es Bertil auch lustig, wenn die Eltern nicht da sind. Er weiß, dass ein Freund auf ihn wartet.

Bo fliegt über den Sternenhimmel

Viele Leser betrachten „Mio, mein Mio" als Astrid Lindgrens gelungenstes Werk, als ihre größte literarische Leistung. In dieser phantastischen Erzählung wird zwischen Gut und Böse, Schwarz und Weiß klar unterschieden. Astrid Lindgren beherrscht auch die Gattung des Märchens in meisterlicher Weise. In der Geschichte von Mio geht es um das tiefe kindliche Bedürfnis, angenommen und geliebt zu werden. Einsamkeit ist für Kinder schwer zu ertragen. Der schöne Satz: „Es ist gleich, welchen Weg wir gehen, wenn wir ihn nur zusammen gehen" bezeugt, dass unser Leben erst durch die Gemeinschaft einen Sinn bekommt. Dem kleinen Bo Vilhelm Olsson mangelt es an fast allem, was Glück für ein Kind ausmacht. Erst wohnt er in einem Kinderheim, dann kommt er zu Pflegeeltern, die ihn nicht leiden mögen. Wieder öffnet sich die andere Welt, das Land in der Ferne, als sich der kleine Junge völlig verlassen fühlt.

Die Alltags- und die Phantasiewelt sind voneinander abgegrenzt, stehen aber in magischer Verbindung zueinander. Das

Wunderbare dringt durch banale Dinge ein: Ein Apfel vergoldet sich, auf einer Postkarte, die Bo einwerfen soll, steht plötzlich eine Nachricht an den „König im Land der Ferne", und der Geist, der ihn dorthin bringen soll, ist in einer Bierflasche eingesperrt. „Dass der Geist in der gewöhnlichsten aller Flaschen gefangen ist, ist typisch für die Scherzlust der Autorin, die bei ihr nie weit entfernt von Ernst und Trauer liegt."[89]

Für Bo beginnt mit seinem Flug über den nächtlichen Sternenhimmel ein neues Leben. Im „Land der Ferne" wird er zum Prinzen Mio und von seinem wiedergefundenen Vater, dem König, innig geliebt. Für eine Zeit darf er sein Glück aus vollem Herzen genießen. Der Faden zu seinem früheren Leben aber reißt nicht ab. Bisweilen sehnt er sich nach Benka, seinem einzigen Freund in Stockholm. Doch nicht lange darf er im paradiesischen Gefilde verweilen, schon bald warten wichtige Aufgaben auf ihn. Prinz Mio soll das Land vor dem grausamen Ritter Kato retten, der alles, was in seine Nähe kommt, zu Stein werden lässt. Das Böse manifestiert sich in der Versteinerung des Lebens. Durch diese Prüfungen wird aus dem ängstliche Knaben ein Held, die Furcht verlässt ihn jedoch nicht völlig. Mio kann ihr nur standhalten, weil er um die Tragweite seines Auftrags weiß.

Kampf gegen Kato

Gleich einem Drachentöter-Märchen kommen Prinz Mio bei seinem schwierigen Kampf mit dem Bösen magische Dinge zu Hilfe, wie der Tarnmantel, das Zauberschwert und die fliegenden Pferde. Erst als der kleine Held den bösen Kato überwunden hat, gewinnt das Leben seine dynamische Kraft wieder, kehren die Gefühle von Trauer und Liebe, von Freude und Hoffnung zurück. Die verzauberten Vögel verwandeln sich zurück in Kinder voller Lebenskraft. Ein Sinnbild dafür, dass Menschen von kleinauf dagegen ankämpfen müssen, dass ihre Gefühle nicht ersticken und ihre Herzen nicht versteinern. Ein grünes Blatt zeigt an, dass die Zeit der Versteinerung nun endgültig vorüber ist. Die kleine Milimani, die sich als verwunschener Vogel geopfert hatte, um Mio und seinen Freund Jum-Jum zu retten, wird in den Tarnmantel gehüllt, zu neuem Leben erweckt.

Von der immer wiederkehrenden melodischen Sequenz, die sich durch das ganze Buch zieht: „Mio, mein Mio", geht eine beruhigende Kraft aus. Allmählich überträgt sich die Liebe des Königsvaters zu seinem Sohn auch auf den Leser. „Dass aber frühere kindliche Vorstellungen von der magischen Kraft des Wortes immer in uns lebendig sein können, lässt sich aus dem schließen, was wir erleben, wenn wir von Poesie, Musik und Literatur tief beeindruckt werden, denn dann fühlen wir uns von ihrer Magie berührt", schreibt Bruno Bettelheim.[90]

Anders als im Volksmärchen, wo die Bösen nur böse sind, leidet Ritter Kato unter seiner eigenen Bosheit am meisten. Indem Mio ihn tötet, erlöst er ihn. Wie in der Geschichte vom Vogel Phönix, gewinnt Kato die Freiheit in Gestalt eines Vogels. Nach dieser Nacht im Kampf mit den dunklen Mächten bricht ein neuer Tag an.

Die Natur nimmt in dieser Erzählung eine wesentliche Rolle ein. Am Anfang genießt Mio sein Glück in einem Rosengarten. Es kommen immer wieder Rosen-Wörter vor, die die Schönheit des Lebens umschreiben. Die Landschaft ist aber auch von der Macht des Bösen gezeichnet. In Katos „Land Außerhalb" gibt es weder Blume noch Baum noch Gras, und der See und der Wald sind tot. „Ich glaube nicht, dass Bäume dem verzeihen können, der ihre kleinen grünen Blätter getötet hat", heißt es, und: „Ich glaube nicht, dass die Erde dem verzeihen kann, der das weiche grüne Gras getötet hat, das doch einmal lebte." Astrid Lindgren hat mit diesen Sätzen schon vor fast fünfzig Jahren ein Lebensgefühl vorweggenommen, mit dem in unserer Epoche der Umweltzerstörung heute bereits kleine Kinder konfrontiert werden. „Die Menschen sollten begreifen, dass Bäume Leben bedeuten, und wenn die Menschen gegen die Bäume vorgehen, dann gehen sie gegen ihr eigenes Leben vor", schrieb etwa ein Neunjähriger jüngst in einem Brief.[91]

Es sitzt kein Bosse auf der Bank

Wie im herkömmlichen Märchen steht auch in „Mio, mein Mio“ die Natur auf der Seite des Guten und unterstützt den Helden bei seinem Kampf. „Die Sympathie, die von dem Märchenhelden ausgeht, die ihn zu einer Identifikationsfigur gerade für Kinder und Jugendliche macht, gründet darauf, dass er die Natur achtet, dass er nicht nur bedürftigen Menschen hilft, sondern ganz selbstverständlich auch Tieren, mit ihnen Freundschaft schließt, dass er versucht, Kontakte zu Sonne, Mond, Gestirnen und Winden aufzunehmen.“[92]

Mio und seinem Weggefährten gewährt ein hohler Baum Schutz in der Gefahr. Selbst die steile Felswand verhindert, dass die beiden in die Tiefe stürzen. In den schrecklichsten und spannendsten Augenblicken weist Astrid Lindgren immer wieder auf die nächtlichen Alpträume ihrer kleinen Leser hin. Sie erfahren so, dass auch andere Menschen von Nachtmahren geängstigt werden.

Man kann den Schluss der Geschichte verschieden verstehen. Wer meint, Bo Vilhelm Olsson befände sich immer noch einsam auf seiner Bank, für den ist das Ganze nur ein Wachtraum, der nichts an der tristen Wirklichkeit ändern kann. Mit dieser Deutung aber wird den Kindern die Hoffnung auf ein gelungenes Leben genommen. Glaubt man, dass Diesseits und Jenseits ineinander fließen, dann können im biblischen Sinn gerade die Trauernden selig sein, weil sie getröstet werden sollen. Margareta Strömstedt ist der Ansicht, die Erwachsene in Astrid Lindgren wüsste, dass Bo mit seinen Phantasien am Schluss immer noch im Tegnérparken sitzt, aber das Kind in ihr sträube sich gegen diese Vorstellung.[93]

„Es sitzt kein Bosse auf irgendeiner Bank im Tegnérpark. Denn er ist im Land der Ferne. Im Land der Ferne ist er, sage ich. … Bo Vilhelm Olsson ist im Land der Ferne, und er hat es gut dort, so gut, bei seinem Vater, dem König.“[94] Diese Schlusssätze des Buches klingen, als müsse sich Astrid Lindgren selbst davon überzeugen, dass es wirklich so ist.

Auch bei „Mio, mein Mio“ war das Urteil der Rezensenten geteilt. Viele zeigten sich davon angetan, wie Astrid Lindgren mit diesem Buch dem Märchen eine neue Form gab. Dass es ihr gelungen sei, diese „völlig ausgeschlachtete Gattung“ zu erneuern, käme einem Wunder gleich, stellte Vivi Edström fest. Dagegen warf ihr Gunnar Reihnhard vor, sie ertränke die „frohen schwedischen Kleinen in Tränen der Sentimentalität“. Astrid Lindgren will aber gerade, dass Kinder ihren Gefühlen freien Lauf lassen können. Ihre klare Sprache zwischen Ernst und Witz, zwischen Alltäglichem und Phantastischen, ist frei von selbstmitleidiger und kitschiger Gefühlsduselei.

Andere Kritiker monierten, die Kinder der Nachkriegszeit sollten weder mit Tod und Schrecken, noch mit Hexen und Drachen konfrontiert werden. Darauf erwiderte Astrid Lindgren, dass ja auch Kinder nicht von existenziellen Problemen verschont blieben. Und da könnten gerade Märchen, die weder Schreckliches noch Trauriges aussparen und das Leben im schwärzesten Schwarz und im rotesten Rot schildern, ihnen helfen, diese Dinge zu verkraften. Als man sie 1958 in einem Radiogespräch fragte: „Ist ‚Mio, mein Mio‘ nicht ein ziemlich schreckliches Buch?“, erwiderte sie schlagfertig: „Doch, deshalb lieben es die Kinder.“

Später wurde sie durch das bekannte Buch von Bruno Bettelheim „Kinder brauchen Märchen“ bestätigt. In der Einleitung zur schwedischen Ausgabe führte der Herausgeber Hans Gordon „Die Brüder Löwenherz“ als ein Buch an, dessen positiver Einfluss der Wirkung alter Märchen gleiche. Es zeige Kindern, wie sie mit inneren und äußeren Konflikten umgehen können.

In Bettelheims Text hieß es, allmählich begännen auch Pädagogen zu verstehen, dass gerade Märchen Kindern helfen könnten, ihre Ängste und Konflikte abzubauen. Durch die Bilderwelt des Märchens gelinge es Kindern, Tagträume besser zu verarbeiten, und sie würden zugleich lernen, auch ihrem Leben eine ordnende Kontur zu geben. Und weiter: „In den Märchen kommen die schweren inneren Spannungen des Kindes so zum Ausdruck, dass es dies unbewusst versteht; und ohne die heftigen inneren Kämpfe des Heranwachsens herunterzuspielen, bieten sie

Beispiele dafür, wie bedrückende Schwierigkeiten vorübergehend oder dauerhaft gelöst werden können."[95] Die symbolischen Figuren würden helfen, die kindlichen Konflikte und neuen Erfahrungen ohne Angst zu verarbeiten.

Bettelheims psychoanalytische Thesen, die meist schon aus den zwanziger Jahren stammen, sind allerdings nicht unwidersprochen geblieben. Vor allem warf man ihm vor, er bliebe den Beweis dafür schuldig, dass Märchen für Kinder hilfreicher seien als die realistische Literatur.

Astrid Lindgren hat ihre eigene Märchenform gefunden und neue Gestalten geschaffen, die meist im schwedischen Milieu verankert sind. Bei ihr fehlen die metaphysischen und religiösen Züge, wie sie zum Beispiel für C. S. Lewis' „Narnia"-Bücher charakteristisch sind. Durch die Welt der Phantasie sollen die Kinder gestärkt werden, damit sie die Aufgaben und Herausforderungen des konkreten Lebens besser meistern können.

Für Sybil Gräfin Schönfeldt zeichnet sich Astrid Lindgrens Begabung dadurch aus, dass sie sich in den Gefilden der Poesie und der Phantasie mit der gleichen Sicherheit zu bewegen weiß wie im gewöhnlichen Alltag. „Ihre Leistung liegt darin, dass sie den Kindern beides gibt, Trost und Ansporn. Trost, weil es wohl wahr ist, dass der Mensch als Erwachsener oft genug keinen Trost erfährt, weil ein Kind gerade deshalb Trost braucht, um – wie der Prinz in der ‚Zauberflöte' – standhaft und tapfer zu werden."[96]

Ein Totenmärchen für Kinder

Mit ihrem Buch „Die Brüder Löwenherz" zeigte Astrid Lindgren erneut, dass Kinder Aufregungen sehr wohl vertragen können, und dass sie sich mit wirklichen Lebensproblemen auseinandersetzen wollen. Dieses Werk entfachte gleich nach seinem Erscheinen neuerlich erregte Diskussionen. Marxistische Studenten der Universität Göteborg warfen der Autorin vor, sie fliehe vor der gesellschaftlichen Wirklichkeit ins Phantastische und vermittle den Kindern ein falsches Realitätsbewusstsein. Manche Kritiker empörten sich, in diesem „Totenmärchen für Kinder“ würde der kindliche Selbstmord verherrlicht. Andere priesen dagegen das Hohelied der geschwisterlichen Freundschaft und den Trost, den das Buch Kindern spenden würde, die vom Tod betroffen seien.

Dieses Werk erinnert an eine Helden- und Rittersage. Der Protagonist Jonathan ist wie Mio stark stilisiert und besitzt all die Eigenschaften, die einen Helden auszeichnen. Er setzt zweimal sein Leben aufs Spiel, um andere zu retten, wird zum Führer der Unterdrückten und zum Retter vor den bösen Mächten. Jonathan verkörpert die lichte Gestalt des vollkommenen Ritters, während der kleine Krümel für die Unvollkommenheit der gewöhnlichen Menschen steht. Der kleine, schwerkranke neunjährige Junge lebt mit seiner Mutter in einer ärmlichen Zwei-Zimmer-Wohnung und kann weder zur Schule gehen, noch mit anderen Kindern spielen.

Lange Zeit war die Thematik des Todes und der Angst vor dem Sterben in der Kinderliteratur tabu gewesen, Astrid Lindgren machte sie nun zum Hauptthema eines ganzen Buches. Karl Löwe, Krümel genannt, wird in der Erzählung gleich dreimal mit dem Tod konfrontiert. Zunächst wird er von Todesängsten geplagt, als er erfährt, dass er bald sterben muss. Dann verliert er seinen geliebten Bruder, als der ihn aus einer Feuersbrunst rettet. Schließlich entscheidet er sich am Ende der Geschichte freiwillig dafür, gemeinsam mit Jonathan in den Tod zu gehen, um nach Nangiliama zu gelangen.

Kein Häuflein Dreck

Der einsame Krümel träumt auf seiner Küchenbank davon, mit Jonathan im Kirschtal, diesem Garten Eden, wieder vereint zu sein. Jonathan kehrt als weiße Taube aus dem Totenreich zurück und lädt Krümel ein, ihm nachzufolgen. Die beiden Brüder Löwenherz, wie sie nun genannt werden, treffen im Zwischenreich

Nangijala wieder zusammen. Wie Mio auf der Insel der grünen Wiesen, darf Krümel nun hier eine kurze glückliche Zeit voll des Spiels verbringen. Auch in Nangijala steht die Natur auf der Seite des Guten. Im Kirschtal, wo die Menschen den Frieden lieben, gibt es satte grüne Wiesen, sanft plätschende silberne Flüsse, blüht ein weißes Meer von Kirschblüten, duften rosafarbene Heckenrosen.

Bald zeigt sich aber, dass dieses Reich doch kein friedvolles Paradies ist. Krümel spürt, dass selbst Sofia, die Taubenkönigin, einen geheimen Kummer im Herzen trägt. Und er erfährt, dass das Heckenrosental vom Tyrannen Tengil von Karmanjaka und seinen Soldaten terrorisiert wird. Der Despot versucht auch das Kirschtal mit Hilfe eines Verräters in seine Gewalt zu bringen. In Tengils Verhalten seinen Opfern gegenüber zeigt sich das ganze Ausmaß seiner Unmenschlichkeit. „Tengil aber hörte das Weinen nicht. Er saß dort hoch zu Ross, und jedesmal, wenn er auf jemanden zeigte und ihn damit zum Sterben verurteile, blitzte der Diamant an seinem Zeigefinger auf. Es war furchtbar, nur mit seinem Zeigefinger verurteilte er Menschen zum Tode!"[97] Das Land und seine Bewohner werden zusätzlich von zwei Ungeheuern, dem Drachenweibchen Katla und dem Lindwurm Karm, bedroht – auch dies Symbole des Bösen, die sich schließlich gegenseitig vernichten.

Jonathan entscheidet sich freiwillig zum Kampf gegen den Tyrannen und erklärt dem Bruder den Sinn seines Entschlusses: Es gibt Dinge, die man tun muss, sonst ist man kein Mensch, sondern nur „ein Häuflein Dreck". Hier liegt die politische Dimension dieses Buches. Nicht nur durch ihre Arbeit bei der Briefzensur im Spätsommer 1940 hatte Astrid Lindgren seinerzeit erfahren, wieviel Böses unzähligen Menschen zugefügt worden war. Ihre Kriegstagebücher geben Zeugnis davon, wie tief sie Hitler verabscheute. Rückblickend sagte sie später: „Die Judenverfolgung war das größte Verbrechen der Geschichte. Ich kann immer noch rasend werden, wenn ich höre, dass man, was geschehen ist, bagatellisieren will."[98] Nach dem Krieg las sie ein Buch über Rudolf Höß, den Lagerkommandanten von

Auschwitz, was sie in ihrer Vision von der Herrschaft des Bösen noch bestärkte.

Wo sind die Wurzeln des Bösen?

Wenn die unmenschliche Gestalt Tengils Züge von Hitler trage und das Ungetüm Katla den Nationalsozialismus versinnbildliche, dann verkörperten Sofia und all die anderen mutigen Bewohner des Kirsch- und des Heckenrosentals die Widerstandsbewegung in Deutschland und in anderen Ländern, schreibt Gunilla Zimmermann.[99] Wie viele Widerstandskämpfer gerät auch Jonathan in das Dilemma, dass man beim Kampf um das Gute oft nicht um die Anwendung von Gewalt herumkommt. Eine Kinderbuch-Arbeitsgemeinschaft in Göteborg hat das Buch wegen seiner Darstellung des Bösen kritisiert. Man bemängelte, Astrid Lindgren hätte die „Wurzel des Bösen" sorgfältiger untersuchen und darstellen sollen, warum Tengil so böse handelt. Das Böse sei im Buch einfach böse und bekäme keine Chance der Bewährung oder Wiedergutmachung eingeräumt.

Andere Kritiker befürchteten, dass die Darstellung des Freiheitskampfes gegen ein „unerklärlich Böses" die wirklichen Freiheitsbewegungen in aller Welt beleidigen würde. So hieß es etwa: „Wir haben inzwischen gelernt, dass die Gewalt in der Welt nicht wie ein Sturmwind in der Wüste verschwindet. Nicht einmal im Märchen."[100] Ihre jungen Leser aber werden sich um solche Einwände wohl ebensowenig kümmern wie es Astrid tat – und für sie hat sie dieses Trost-Buch schließlich geschrieben. Die Erzählung hilft Kindern, mit ihren eigenen Ängsten umzugehen. Sie erleben, dass auch der körperlich schwache Krümel im Reich der Phantasie mutig wird und gefahrvolle Taten vollbringen kann.

Getragen von Hoffnung

Wie schon bei „Mio, mein Mio" sind auch in „Die Brüder Löwenherz" die guten und die bösen Einflüsse voneinander getrennt. Es gibt einen Bereich mit freien und glücklichen Menschen, und ein unterdrücktes Land, in dem Terror und Schrecken herrschen. Doch auch Gut und Böse sind nicht auf Anhieb voneinander zu unterscheiden. Der vermeintliche Verräter erweist sich als Helfer und Freiheitsheld, und der wirkliche Verräter tarnt sich hinter einer freundlichen Maske, um die Herrschaft über das Kirschtal an sich zu reißen. Jonathan siegt zwar im Entscheidungskampf, wird dabei aber vom Feuer des heimtückischen Drachenungeheuers unheilbar verletzt.

Die beiden Brüder gehen mit einem freiwilligen Sprung in den Tod, getragen von der Hoffnung, nach Nangilima zu gelangen, ins Land der Erlösung, wo es das Böse nicht gibt und wo Mensch und Tier in Freundschaft und Frieden zusammenleben. Die beiden Reiche nach dem Tod sind Phantasiegebilde, die den kleinen Krümel trösten und ihm helfen sollen, auch ohne seinen geliebten Bruder Jonathan weiterzuleben. Einige Rezensenten sahen darin „eschatologische Opfertodszenen aus buddhistischen Jenseitsvorstellungen" und fragten sich, ob das tiefsinnige Metaphysik oder synkretistischer Schwulst sei. In ihrer unvergleichlich direkten Art hat Astrid Lindgren daraufhin zum „metaphysischen" Hintergrund ihres Buches Stellung genommen: „Ich glaube weder an Nangijala noch an Nangilima oder an den Himmel oder irgend etwas. So ist es. Die Erwachsene in mir weiß, dass es so ist. Das Kind in mir akzeptiert es nicht. Deshalb sag ich dir, erzähl das nicht einem Kind, sonst haue ich dir eine herunter."[101]

Von wilden Räubern

Im Jahr 1982 erschien Astrid Lindgrens letztes größeres Werk, der Räuberroman „Ronja Räubertochter". In der Kinder- und

Jugendliteratur sind Räuber entweder Rebellengestalten wie Robin Hood, die eher die Züge eines Helden als eines Verbrechers tragen. Oder sie sind finstere Gesellen, die als Diebe, Wegelagerer oder Mörder ihr verwerfliches Unwesen treiben. Astrid Lindgren benutzt in ihrem Buch ein breites Register aller Effekte, die zu einer Räubergeschichte gehören: Prügeleien und Grausamkeiten, primitive Lebensfreude, Angst und Brutalität.[102]

Schon in der Titelgeschichte ihres Märchenbuchs „Im Wald sind keine Räuber“ von 1949 hatte es Räuber gegeben, mit deutlichem Bezug auf die Geschichte „Ali Baba und die vierzig Räuber“ aus „Tausendundeine Nacht“.

In „Ronja Räubertochter“ stehen die Räuber für das Wilde und Gewaltsame, das in uns allen lebt. Auch im mächtigen Glupafall und den grausamen Wilddruden spiegeln sich die menschlichen Aggressionen wider, die zwar gezähmt, aber nicht völlig überwunden werden können. Mit der dem Buch innewohnenden Volksmystik und den fesselnden Naturschilderungen ist „Ronja Räubertochter“ ganz in der nordischen Tradition angesiedelt. Die Sprache ist kraftvoll und rhythmisch, manchmal grenzt sie fast schon ans Vulgäre. Die lakonische Ausdrucksweise gemahnt an eine isländische Saga, diesem frühesten europäischen Zeugnis mittelalterlicher Erzählkunst.

Die beiden Räuberhäuptlinge Mattis und Borka führen die generationenalte Vendetta zwischen ihren beiden Sippen weiter. Ronja und Brik hingegen, ihre Kinder, lassen sich nicht in das Hassschema zwängen und weigern sich, das Räuberhandwerk weiter auszuüben. Wie immer bei Astrid Lindgren verkörpern Kinder die Stimme der Vernunft. Ronja und Brik halten allen Widerständen zum Trotz, wie Romeo und Julia, an ihrer Freundschaft fest. Aber anders als im Shakespeare-Drama gibt es bei Lindgren ein Happy end. Durch ihre Entschlossenheit öffnen die beiden kindlichen Helden auch den Erwachsenen neue Wege, ihre Konflikte auszutragen und sich zu versöhnen. Mit dem Sprung über den Höllenschlund ins Feindesgebiet hinein überwinden die beiden auch symbolisch die tiefe innere Kluft, die zwischen den entzweiten Sippen besteht.

Ronja im Mattiswald

In „Ronja Räubertochter“ sind die Guten und die Bösen nicht voneinander unterschieden. Beide verfeindeten Parteien, die Borka- und die Mattisräuber, sind gleich streitsüchtig, wild, hitzköpfig, selbstsüchtig und raffgierig. Der Ton, in dem die Räuber miteinander verkehren, ist voll herzerfrischender Respektlosigkeit und witziger Repliken. Ronja, die in einer dramatischen Gewitternacht zur Welt kommt, verbringt ihre ersten elf Lebensjahre auf der Mattisburg, ganz unter Erwachsenen: mit der Mutter Lovis, dem Vater Mattis und den zwölf Räubern. Beim Anblick des kleinen Mädchens schmelzen sogar diese ungehobelten und wilden Kerle dahin. Als sie zwölf wird, schicken die Eltern Ronja in den Mattiswald, damit sie selbst lernt, die Gefahren zu meistern, die dort lauern.

Die Natur spielt in diesem Buch eine Hauptrolle. Sie wird realistisch geschildert und greift nicht, wie in „Mio, mein Mio“, in den Daseinskampf der Menschen ein. Kinder und Wald gehören in der schwedischen Literatur schon aus Tradition zusammen. Mit ihrem gellenden „Frühlingsschrei“, einem Urschrei, in dem die elementaren Lebenskräfte mitklingen, drückt Ronja ihre ungebändigte Freude über die Schönheit der Schöpfung aus. Im Mattiswald ist man am sichersten, wenn man sich nicht fürchtet. Hier herrscht aber keine paradiesische Harmonie, man muss lernen, mit den dunklen und bedrohlichen Kräfte umzugehen.

„Kinder und Uhren dürfen nicht beständig aufgezogen werden. Man muss sie auch gehen lassen“, heißt es in einem Wortspiel von Jean Paul. Mattis und Lovis schicken Ronja in den Mattiswald, damit sie ihre eigenen Erfahrungen machen kann. Sie wollen sie nicht, wie so viele Eltern, vor dem Unbill des Lebens abschirmen. Nur einige generelle Warnungen geben sie ihr mit auf den Weg, dazu, wie man sich vor den Gefahren „hüten“ kann. Das kleine Räubermädchen übt sich darin, sie lernt, drohendem Unheil zu entgehen und die eigene Angst zu überwinden. Schließlich wird sie wie ein kleines gesundes Tier geschmeidig, stark und furchtlos. Es gelingt ihr, wenn auch nur um Haaresbreite, den todbringenden Krallen der Wilddruden zu entkommen, die sich ganz unvermutet auf die Menschen stürzen.

Eine große Vatergestalt

Konzis und eindrücklich werden die Schreckensszenen geschildert. Die grausigen Vögel kreischen, dass es durch Mark und Bein geht: „Wo ist das Menschlein, wo ist es, wo ist es? Komm hervor, dann zerkratzen wir dich, dann zerfetzen wir dich, das Blut soll fließen, hoho!“[103] Die Druden verschwinden wieder in die Berge und können nicht – wie das Böse in der Gestalt Katos in „Mio, mein Mio“ oder Tengils in „Die Brüder Löwenherz“ – überwunden werden. Die Gefahren, die in der Natur lauern, verschwinden nicht endgültig. Die Menschen können sich am besten gemeinsam vor ihnen schützen, wenn es ihnen gelingt, friedlich zusammenzuleben.

Ein wichtiges Thema des Buches ist die Beziehung zwischen dem Räuberhauptmann und seiner Tochter. Mattis könne mit Fug und Recht zu den großen Vatergestalten der schwedischen Literatur gerechnet werden, meint Gunilla Zimmermann, und fährt fort: „Die Schilderung von Mattis ist großartig. Er ist ein großes Kind, egozentrisch, fordernd, gewaltsam, rücksichtslos, aber gleichzeitig voller Lebensfreude und Liebe.“[104] Der Räuberhauptmann Mattis ist einer, der es wert ist, so geliebt zu werden, wie es Ronja tut. Lovis begegnet den beiden in diesem Konflikt zurückhaltend und voller Mitgefühl.

Zu der Lovis-Figur haben Astrid Lindgren wahrscheinlich auch eigene Vorfahrinnen inspiriert, wie ihre Mutter Hanna oder ihre Großmutter Ida. Lovis ist tatkräftig, von unermüdlicher Arbeitskraft, fürsorglich und unsentimental. Und am Abend singt sie ihrer Ronja – ähnlich wie einst Hanna ihrer Tochter Astrid – ein Weise vor, allerdings keinen Psalm, sondern ein „Wolfslied“. Lovis verkörpert weibliche Weisheit, die um die Vergänglichkeit alles Lebens weiß. Als Mattis am Schmerz über den

Tod seines väterlichen Freundes Glatzen-Per zu zerbrechen droht, gemahnt sie ihn an den Weg alles Lebendigen: „Mattis, du weißt, dass keiner immer dasein kann. Wir werden geboren, und wir sterben, so ist es seit eh und je. Was jammerst du da?“[105]

Das Eis schmilzt

Ronja wächst, anders als Mio oder die Brüder Löwenherz, geborgen unter der Obhut liebender Eltern auf. Am Ende ihrer Kinderjahre beginnt ein Ablösungsprozess, der für beide Seiten mit Schmerz und Trauer verbunden ist. Um zu reifen, durchläuft Ronja – wie im klassischen Bildungsroman – eine Zeit der Prüfungen, aus denen sie als gefestigtes junges Mädchen hervorgeht. Ihr Weg in die Selbstständigkeit steht im Einklang mit der Natur, er lässt sich auch nicht durch den unbändigen Willen des mächtigen Räuberhauptmanns aufhalten. Auch Mattis wird durch den Schmerz um die Tochter geläutert. Erst als er lernt, Ronja aus seiner besitzergreifenden Autorität zu entlassen, findet er sie wieder.

Am Ende des Buches, nachdem das Eis zwischen den Widersachern geschmolzen ist, beschließen Mattis und Borka, sich unter einem einzigen Hauptmann gegen die Landsknechte des Vogtes zu verbünden. Wer das sein soll, wird in einem wilden Bärenkampf unter wüsten Beschimpfungen entschieden, bei dem fast alles erlaubt ist. Als der Zweikampf vorüber ist, erhebt sich als erster der völlig malträtierte Mattis, zwar mit zerfetzen Kleidern, nun aber mit jedem Zoll der Häuptling. Der „mächtigste Räuberhauptmann in allen Bergen und Wäldern“ erweist sich als großherziger Sieger, demütigt seinen jahrelangen Feind Borka nicht, sondern nennt ihn Bruder und belässt ihm die Herrschaft über seine Bande. So mündet die Blutrache beinahe in eine Blutsbrüderschaft. In der Geschichte von „Ronja Räubertochter“ klingt, ähnlich wie bereits in „Pippi Langstrumpf“, ein Gedanke an, der im wirklichen Leben leider nur selten zur Realität wird: Menschen können Macht innehaben, ohne sie zu missbrauchen.

Über den Frieden sprechen

„Ronja Räubertochter" wurde auch als Friedens- und Zukunftsroman, als „Beitrag zu einer Literatur, die sich aus dem eisernen Griff des drohenden Untergangs gewunden hat"[106], bezeichnet.

Astrid Lindgrens gesamtes Werk ist gezeichnet von der Suche nach einem friedlichen Zusammenleben – innerhalb von Familien, unter Volksgruppen, zwischen Mensch und Natur. Dabei war sie keine friedenstrunkene Schwärmerin. Mit klarem Blick durchmaß sie die Wirklichkeit, wie es auch 1978 in ihrer eindrücklichen Rede anlässlich der Verleihung des Friedenspreises des Deutschen Buchhandels zum Ausdruck kam:

„Über den Frieden sprechen heißt ja, über etwas sprechen, das es nicht gibt. Wahren Frieden gibt es nicht auf unserer Erde und hat es auch nie gegeben, es sei denn als Ziel, das wir offenbar nicht zu erreichen vermögen. Solange der Mensch auf dieser Erde lebt, hat er sich der Gewalt und dem Krieg verschrieben, und der uns vergönnte, zerbrechliche Friede ist ständig bedroht. ... Gibt es denn keine Möglichkeit, uns zu ändern, ehe es zu spät ist? Könnten wir es nicht vielleicht lernen, auf Gewalt zu verzichten? Ich glaube, wir müssen von Grund auf beginnen. Bei den Kindern. ...

Ein Kind, das von seinen Eltern liebevoll behandelt wird und das seine Eltern liebt, gewinnt dadurch ein liebevolles Verhältnis zu seiner Umwelt und behält diese Grundeinstellung sein Leben lang. Und das ist auch dann gut, wenn das Kind später nicht zu denen gehört, die das Schicksal der Welt lenken. Sollte das Kind aber wider Erwarten eines Tages doch zu den Mächtigen gehören, dann ist es für uns alle ein Glück, wenn seine Grundhaltung durch Liebe geprägt worden ist und nicht durch Gewalt. ... Ganz gewiss sollen Kinder Achtung vor ihren Eltern haben, aber ganz gewiss sollen auch Eltern Achtung vor ihren Kindern haben, und niemals dürfen sie ihre natürliche Überlegenheit missbrauchen.

Liebevolle Achtung voreinander, das möchte man allen Eltern

und allen Kindern wünschen. Jenen aber, die so vernehmlich nach härterer Zucht und strafferen Zügeln rufen, möchte ich das erzählen, was mir einmal eine alte Dame berichtet hat. Sie war eine junge Mutter gewesen zu der Zeit, als man noch an den Bibelspruch glaubte: ‚Wer die Rute schont, verdirbt den Knaben'. Im Grunde ihres Herzens glaubte sie wohl gar nicht daran, aber eines Tages hatte ihr kleiner Sohn etwas getan, wofür er ihrer Meinung nach eine Tracht Prügel verdient hatte, die erste in seinem Leben. Sie trug ihm auf, in den Garten zu gehen und selber nach einem Stock zu suchen, den er ihr bringen sollte.

Der kleine Junge blieb lange fort. Schließlich kam er weinend zurück und sagte: ‚Ich habe keinen Stock finden können, aber hier hast du einen Stein, den kannst du nach mir werfen.' Da aber fing die Mutter zu weinen an, denn plötzlich sah sie alles mit den Augen des Kindes. Das Kind muss gedacht haben: ‚Meine Mutter will mir wirklich weh tun, und das kann sie ja auch mit einem Stein.' Sie nahm ihren kleinen Sohn in die Arme, und die beiden weinten eine Weile gemeinsam. Dann legte sie den Stein auf ein Bord in der Küche, und dort blieb er liegen als ständige Mahnung an das Versprechen, das sie sich in dieser Stunde selber gegeben hatte: ‚NIEMALS GEWALT!'"

Keine schwarze Pädagogik

Die Kinder in Astrid Lindgrens Büchern werden zu mutigen Helden und können sich mit dem kleinen Gepäck ihrer Lebenserfahrung selbst großen Feinden gegenüber überlegen zeigen. Rasmus zum Beispiel wird vom Räuber Lif gejagt, und weil er sich beim Versteckspielen auskennt, kriecht er in eine Brennholzkiste. Der Räuber ist ganz nahe bei dem kleinen Jungen mit dem glatten Haar. Jeden Augenblick könnte er den Deckel hochheben. Aber da er vermutlich niemals Verstecken gespielt hat, kommt er nicht auf diese Idee. Auch als sich der Verfolger dem kleinen Rasmus gefährlich zu nähern beginnt, weiß sich der neunjährige Junge zur Wehr zu setzen. Er ist glücklich, dass er im Waisenhaus nicht nur Kartoffeln aufzuschichten gelernt hat, sondern auch, wie man ein Bein stellt.

Welch Gegensatz zur „schwarzen Pädagogik" des Struwwelpeter! Dessen Schöpfer Heinrich Hoffmann war leitender Arzt an der städtischen Irrenanstalt in Frankfurt. Seine „Lustigen Geschichten und drolligen Bilder, mit 15 schön kolorierten Tafeln für das Kind von drei bis sechs Jahren" hat er fast genau hundert Jahre vor Pippis Erscheinen verfasst und selbst illustriert. Im „Struwwelpeter", auf schwedisch „Pelle Snusk", wird von den Kleinen Gehorsamkeit, Sauberkeit und Elternliebe gefordert. Mit Schaudern erinnert man sich an das verbrannte Paulinchen mit den Streichhölzern, an den Daumenlutscher, dem sein Daumen abgeschnitten wird, oder an den Suppenkasper, der so abmagert, dass er schließlich durch den Abfluss des Badezubers verschwindet. In der Geschichte vom Zappelphilipp wird die Rollenverteilung in der patriarchalischen Familie dargestellt: Die Mutter blickt nur stumm auf dem ganzen Tisch herum.

„Tugenden" wie den Teller leer zu essen, bei Tisch nicht zu zappeln oder nicht Daumen zu lutschen, waren im 19. Jahrhundert Erziehungswirklichkeit. Heinrich Hoffmann, der Vater des Struwwelpeter, verkörpert den Zeitgeist der Restauration, einen Geist, der die aufbegehrenden Kinder in die Schranken wies.

Ein Jahrhundert später wollte Astrid Lindgren, die Mutter von Pippi Langstrumpf, dagegen mit ihren Werken vor allem das Vertrauen der Kinder in ihre eigene Kraft stärken. Was Erich Kästner geschrieben hat, gilt auch für Astrid Lindgren: „Dass wir werden wie die Kinder, ist eine unerfüllbare Forderung, aber wir können zu verhüten versuchen, dass die Kinder werden wie wir."

„Am wichtigsten ist nicht, was man für jemanden schreibt, sondern dass man jemand ist" – dieser Ausspruch von Lennart Hellsing, einem bedeutenden schwedischen Kinderbuchautor, trifft in hohem Maß auch auf Astrid Lindgren zu. Man hat sie eine zeitlose Anarchistin und eine „Taubenköngin", die den Frieden verkörpere, genannt, eine Traditionalistin und zugleich eine Neuschöpferin. Ihr Werk ist in der Tat getragen von einer anarchischen Kraft und Lebensfreude, die den Kinder Mut macht, sich nicht von falschen Konventionen ersticken zu lassen. Es lebt von der Vision, dass es sich trotz allen Widersinns und Elends auf dieser Welt immer lohnt, auf der Seite der Kinder zu stehen und wenigstens einem einzigen Kind „die Kindheit zu vergolden", ihm durch Liebe den Glauben und die Hoffnung ins Leben zu stärken.

Jeder große Dichter habe ein zentrales Thema, eine große Vision oder auch eine Obsession, meint Sven Delblanc. Werk und Vision von Astrid Lindgren sind dem Kind gewidmet: „Ich schreibe, um bei den Lesern Wunder zu bewirken. Kinder schaffen Wunder, wenn sie lesen." Ihr vielseitiges Werk, das auf dem ganzen Erdball gelesen wird, kommt gleichfalls einem kleinen Wunder gleich. Das Leben erschien Astrid Lindgren zugleich schrecklich und herrlich, ihre literarischen Schöpfungen bewegen sich in dieser Spannbreite. Sie sind ein Spiegelbild unseres Daseins zwischen Lachen und Weinen, zwischen Hoffen und Bangen, zwischen Idylle und Gefahr, zwischen frechem Witz und einfühlsamem Verstehen, zwischen Alltag und Märchen.

Es ist eine spannende und verlockende Welt, in die uns Astrid Lindgren mit ihrer Vision führt, eine Welt, in der es sich zu leben lohnt.

Anmerkungen

Die Übersetzungen aus den schwedischen Quellen stammen von Alfred Zänker.

1 Astrid Lindgren: Mio, mein Mio. Hamburg 1993, S. 7. – *Nachfolgend zit. als Lindgren: Mio, mein Mio.*

2 Kerstin Ljunggren: Besuch bei Astrid Lindgren. Hamburg 1994, S. 17. – *Nachfolgend zit. als Ljunggren: Besuch.*

3 Astrid Lindgren: Das entschwundene Land. Hamburg 1977, S. 69. – *Nachfolgend zit. als Lindgren: Das entschwundene Land.*

4 Astrid Lindgren: Pippi Langstrumpf. Hamburg 1987, S. 60. – *Nachfolgend zit. als Lindgren: Pippi Langstrumpf.*

5 Lindgren: Das entschwundene Land, S. 71.

6 Astrid Lindgren: Ronja Räubertochter. Hamburg 1982, S. 200. – *Nachfolgend zit. als Lindgren: Ronja Räubertochter.*

7 Astrid Lindgren: Meine Kuh will auch Spaß haben. Hamburg 1991, S. 41.

8 Lindgren: Pippi Langstrumpf, S. 220.

9 Die Gedichte hat Astrid Lindgren während unseres Gesprächs auszugsweise wiedergegeben. Sie werden hier vollständig abgedruckt, die fehlenden Verse wurden mit Hilfe des Büchleins „Astrid Lindgrens Gedichtebaum" (Vivi Edström/Marianne Eriksson [Hrsg.]: Astrid Lindgren i diktens träd. Lyrik Skillingtryck Visor. Stockholm 1994) ergänzt.

10 Elsa Olenius: Astrid Lindgren. Das Bild einer Freundin. Typoskript (von 1967) im Schwedischen Institut für Kinderliteratur. – *Nachfolgend zit. als Olenius: Lindgren.*

11 Lindgren: Das entschwundene Land, S. 51.

12 Ebd., S. 61.

13 Erich Graf Oxenstierna: Wir Schweden. Stuttgart 1961, S. 56. – *Nachfolgend zit. als Oxenstierna: Wir Schweden.*

14 Astrid Lindgren: Michel muß mehr Männchen machen. Hamburg 1966, S. 5. – *Nachfolgend zit. als Lindgren: Michel.*

15 Astrid Lindgren: Mein Småland. Hamburg 1988, S. 16. – *Nachfolgend zit. als Lindgren: Mein Småland.*

16 Margareta Strömstedt: Astrid Lindgren. En levnadsteckning. Stockholm 1977, S. 53f. – *Nachfolgend zit. als Strömstedt: Lindgren.*

17 Ebd., S. 190.

18 Ingvar Andersson: Die Schweden und ihr Schweden. Berlin 1958, S. 127.

19 Expressen, Stockholm, 12. Dezember 1993.

20 Oxenstierna: Wir Schweden, S. 86.

21 Ebd., S. 86f.

22 Lindgren: Mein Småland, S. 22.

23 Ljunggren: Besuch, S. 68.

24 Antoine de Saint-Exupéry: Der kleine Prinz. Zürich 1990, Epilog.

25 Strömstedt: Lindgren, S. 100.

26 Lindgren: Das entschwundene Land, S. 101.

27 Astrid Lindgren: Erzählungen. Hamburg 1979, S. 16f.

28 Strömstedt: Lindgren, S. 100.

29 Lindgren: Das entschwundene Land, S. 36.

30 Olenius: Lindgren.

31 Lindgren: Das entschwundene Land, S. 45.

32 Ebd., S. 56f.

33 Lindgren: Mein Småland, S. 32.

34 Gunilla Zimmermann: Astrid Lindgren – en studiebok. Vimmerby 1989, S. 27. – *Nachfolgend zit. als Zimmermann.*

35 Sven Delbanc: Selma Lagerlöf. Stockholm 1986, S. 9f.

36 Vivi Edström: Astrid Lindgren. Stockholm 1987, S. 8. – *Nachfolgend zit. als Edström: Lindgren.*

37 Lindgren: Mio, mein Mio, S. 39.

38 Edström: Lindgren, S. 1.

39 Lindgren: Mein Småland, S. 34.

40 Strömstedt: Lindgren, S. 153.
41 Lindgren: Michel, S. 88f.
42 Sybil Gräfin Schönfeldt: Astrid Lindgren. Hamburg 1987, S. 57. – *Nachfolgend zit. als Schönfeldt: Lindgren.*
43 Strömstedt: Lindgren, S. 190.
44 Astrid Lindgren: Ferien auf Saltkrokan. Hamburg 1965, S. 92f.
45 Die Zeit, 13. November 1992.
46 Ebd.
47 Strömstedt: Lindgren, S. 222f.
48 Schönfeldt: Lindgren, S. 62.
49 Svenska Dagbladet, Stockholm, 7. Mai 1995.
50 Olenius: Lindgren.
51 Lindgren: Das entschwundene Land, S. 90.
52 Expressen, Stockholm, 12. Dezember 1993.
53 Zit. im Nachruf auf Astrid Lindgren, WDR Köln, 30. Januar 2002.
54 Der Spiegel, 4. Februar 2002.
55 Olenius: Lindgren.
56 Eva von Zweigbergk in: Industria, Stockholm, Sonderausgabe 1965, S. 94. – *Nachfolgend zit. als Zweigbergk.*
57 Ebd.
58 Hans-Christian Kirsch in: Rudolf Wolff (Hrsg.): Astrid Lindgren. Rezeption in der Bundesrepublik. Bonn 1986, S. 37.
59 Hans Ritte: Ein kleiner Übermensch in Gestalt eines Kindes. In: Vetenskapssocieteten Arsbok. Lund 1988, S. 52. – *Nachfolgend zit. als Ritte.*
60 Gerda Wurzen Berger: Ein Mädchen ohne Furcht und Tadel. In: Neue Zürcher Zeitung, 23. Mai 1995.
61 Karin Michaelis: Bibi. Stockholm 1995, S. 206.
62 Edström: Lindgren, S. 4.
63 Olenius: Lindgren.
64 Edström: Lindgren, S. 2.
65 Astrid Lindgren: Kati in Amerika - Italien - Paris. München 1976, S. 388.
66 Expressen, Stockholm, 8. November 1987.
67 Zweigbergk, S. 94.
68 Edström: Lindgren, S. 4.
69 Lindgren: Pippi Langstrumpf, S. 316f.
70 Ebd., S. 48.
71 Ebd., S. 15.

72 Kinder, Bücher und Gesellschaft. Stockholm 1970, S. 41.
73 Lindgren: Pippi Langstrumpf, S. 118.
74 Lexikon der Kinder- und Jugendliteratur. Bd. II. Stuttgart 1977, S. 124.
75 Sybil Gräfin Schönfeldt: Ungeschützte Offenheit. In: Börsenblatt für den Deutschen Buchhandel. Ausgabe zur Frankfurter Buchmesse 1978.
76 Astrid Arz: Wilde Großartigkeiten und heile Kinderwelt. In: Jugendbuchmagazin, Heft 2/1980.
77 Lisa Tetzner: Liebeserklärung an Pippi. In: Jugendschriften. Band II. Warte 1953.
78 Waltraud Henser: Die Bücher Astrid Lindgrens – Pippi. In: Jugendbuchmagazin, Heft 2/1980.
79 Astrid Arz, s. Anm. 76.
80 Die Zeit, 20. Oktober 1978.
81 Strömstedt: Lindgren, S. 280f.
82 Astrid Lindgren: Die Kinder aus Bullerbü. Hamburg 1970, S. 286.
83 Ebd., S. 97.
84 Edström: Lindgren, S. 5.
85 Astrid Lindgren: Rasmus und der Landstreicher. Hamburg 1957, S. 120.
86 Edström: Lindgren, S. 11f.
87 Ritte, S. 60.
88 Die Zeit, 20. Oktober 1978.
89 Edström: Lindgren, S. 8.
90 Bruno Bettelheim: Kinder brauchen Bücher. Stuttgart 1982, S. 56.
91 Der Brief befindet sich in der Sammlung Felizitas von Schönborn.
92 Waltraud und Matthias Woeller: Es war einmal... Freiburg 1994, S. 26f.
93 Strömstedt: Lindgren, S. 246.
94 Lindgren: Mio, mein Mio, S. 186f.
95 Bruno Bettelheim: Kinder brauchen Märchen. Zürich 1979, S. 12.
96 Schönfeldt: Lindgren, S. 83.
97 Astrid Lindgren: Die Brüder Löwenherz. Hamburg 1973, S. 126.
98 Expressen, Stockholm, 12. Dezember 1993.
99 Zimmermann, S. 73.
100 Ebd., S. 74.
101 Ebd., S. 73.
102 Edström: Lindgren, S. 15.

103 Lindgren: Ronja Räubertochter, S. 31.
104 Zimmermann, S. 77.
105 Lindgren: Ronja Räubertochter, S. 233.
106 Maria Bergom-Larsson: Astrid Lindgren, en Kärleks forklaring. In: Kvinnornas Litteraturhistoria. Band 2. Stockholm 1983.

Danksagung

Besonders bedanken möchte ich mich – nun auch nochmals posthum – bei Astrid Lindgren dafür, dass sie mir die Zeit für dieses Gespräch geschenkt hat und es sich nach der Transkription nochmals ganz vorlesen ließ, um nötig erscheinende Veränderungen und Ergänzungen vorzunehmen. Mein herzlicher Dank gilt auch Marianne Eriksson, Lena Törnquist vom Schwedischen Kinderbuchinstitut, Margareta Strömstedt, Ulla Lundquist-Rosenqvist, Friederike Hamann, Erricos Reuß und Christine Conopio.